La gran aventura

Editorial Bambú es un sello
de Editorial Casals, S. A.

© 2007, Jordi Sierra i Fabra
© 2007, Editorial Casals, S. A.
Tel. 902 107 007
www.editorialbambu.com
www.bambulector.com

Diseño de la colección: Miquel Puig
Ilustraciones interiores y de la cubierta: Josep Rodés

Octava edición: abril de 2012
ISBN: 978-84-8343-022-4
Depósito legal: M-27.875-2011
Printed in Spain
Impreso en Edigrafos, S.A., Getafe (Madrid)

La gran aventura

Jordi Sierra i Fabra

Ilustraciones

Josep Rodés

bam bú

EDITORIAL

1. Los mensajeros

Las estrellas se balanceaban en los pentagramas del Espacio, chisporroteando luminosas y expectantes. Planetas, cuerpos, esencias, sueños o realidades constituían el horizonte de lo inmediato en aquel enorme lugar. El Universo entero, con sus millones de formas materiales o inmateriales, se agitaba presa del nerviosismo del momento. Y qué momento.

La hora de la Gran Asamblea.

El mismísimo Tiempo, asomado por encima de aquella algarabía, desgranaba los segundos de su quietud en la impaciencia de su medida.

Faltaba poco.

Apenas nada.

Un cometa, un dardo flamígero, tal vez un millón de ellos, despuntó en alguna parte. La Luz, reunida en un fuerte destello, fue la antesala del resplandor final, como si todas las Constelaciones ardiesen. De pronto fluyó una brisa suave y se empezó a formar la Presencia allí mismo, en el centro de la Gran Asamblea.

La Audiencia iba a comenzar.

El Equilibrio del Universo había llegado.

–Bienvenidos todos –anunció una voz.

Un Sol brillante se adelantó con el Orden a seguir. Se hizo el silencio y le tocó el turno a él. Fue tan pomposo como directo, lleno de calor.

–¡Vistas para la Gran Asamblea! –anunció.

Se desató el último murmullo de expectación y, después, se hizo el silencio. Pequeños y no tan pequeños problemas iban a ser atendidos. Grandes o no tan grandes causas serían discutidas. Rápidas soluciones para tantos y tantos temas. El Equilibrio del Universo esperaba muy serio y todo en él era tan puro y transparente como una bocanada de aire limpio.

–La Constelación de Isamkor se halla en el extremo oriental del Universo y pide ser trasladada a una zona más agradable –habló el Sol brillante–. El satélite Lizam, de la Luna de Maia, desarrolla una órbita peligrosa alrededor de sus hermanos Lisar y Lidom, por lo cual solicita ampliación de órbita. El Planeta Gobar quiere aproximarse a un Sol para poder tener vida en su suelo. Al parecer es su máxima ilusión. El Sistema Damis...

Casos. Una centena. Un millar. El Equilibrio del Universo juzgaba y hacía lo que su mismo nombre indicaba: equilibrar. Ni siquiera se trataba de juzgar. El Universo era una Forma Viva, y muy joven, en constante evolución, y necesitaba a cada momento un Orden para su propio desarrollo, continuidad y existencia armónica.

Era hermoso.

El Tiempo suspiraba segundos, envueltos en toda su pomposidad.

Y fue entonces cuando...

–¡Ayuda!

–¡Por favor!

–¡Dejadnos hablar! ¡Es urgente!

El Sol calló su lectura, las Estrellas parpadearon incrédulas, todos buscaron a los dueños de aquellos tres gritos. El Universo entero se agitó a instancias del sobresalto del Tiempo.

Y el Equilibrio del Universo miró a los tres diminutos seres que, de pronto, habían aparecido allí, en la Gran Asamblea.

Los conocía.

Uno era un niño que vestía un curioso trajecito verde y llevaba un sombrerito tocado con una pluma. Otra, una hermosísima muchacha con aspecto de campesina. El tercero era un gallardo luchador con evidentes aires de héroe.

Peter Pan, Bella y Hércules.

2. Los prisioneros de Milo Zederiak

Los primeros murmullos cesaron cuando todos se dieron cuenta de que el Equilibrio permanecía impasible, sin muestras de estar enfadado por la interrupción. Su maravillosa figura se llenó de luces de todos los colores.

—¿Quién necesita ayuda? —habló.

Un torrente de armonía inundó la Gran Asamblea. Los presentes se impregnaron de ella. Los recién llegados, sin embargo, no menguaron su angustia.

—El Mundo de la Fantasía —proclamó Bella respondiendo a la pregunta del Equilibrio—. En su nombre venimos. Nosotros...

—Sé quiénes sois —inundó el Espacio con su voz serena el Equilibrio del Universo—. Tú eres Bella, protagonista de la maravillosa historia «La Bella y la Bestia». Y tú, Peter Pan, el niño que no quiso crecer y vive en el País de Nunca Jamás. Y por último, tú eres Hércules, el héroe mitológico.

–Oh, sí, sí señor, soy un héroe –se jactó este último lleno de orgullo–. En realidad este problemilla...

–¡Silencio!

Hércules se calló de golpe.

–Habla tú, Bella –la invitó el Equilibrio–. ¿Qué os trae hasta aquí, y por qué habéis interrumpido la Gran Asamblea? Muy importante ha de ser vuestro problema.

–Es más que importante –aceptó la responsabilidad de hablar la muchacha–. Es muy urgente, cuestión de vida o muerte, y apenas si nos queda tiempo.

El Tiempo resopló molesto.

–Siempre me las cargo yo –gruñó para sí–. Pase lo que pase, es culpa mía. Nadie me emplea bien.

–Tenemos casos importantes que resolver en esta Audiencia –dijo el Sol brillante, todavía con el Orden en su poder–. ¿Cómo ser justos y saber si el vuestro es, ciertamente, el más urgente de todos?

–Permitidme que os cuente los hechos –dijo Bella–. Después, juzgad.

El Equilibrio se tomó un instante para deliberar. El Mundo de la Fantasía era uno de los rincones mágicos del Universo. Un lugar extraordinario, con sus propias normas y reglas. Nunca habían causado alteraciones, al contrario.

—Habla —accedió.

A Bella casi se le doblaron las rodillas. Peter Pan y Hércules, uno a cada lado, parecieron animarla a comenzar cuanto antes. La Gran Asamblea se dispuso a escucharla.

—¿Conocéis a Milo Zederiak? —dijo Bella—. Es un humano, un mortal. Vive en el mundo de las brumas sólidas, sobre la superficie del planeta Tierra.

—Conozco la Tierra —dijo el Equilibrio—, y también sé de la existencia de Milo Zederiak. Es un maravilloso escritor de cuentos.

—¡Es más que eso! —saltó Peter Pan—. ¡No hay otro como él!

—¡Oh, sí! —le apoyó Hércules—. Desde hace muchos años, el Mundo de la Fantasía se ha nutrido con sus ideas extraordinarias, sus cuentos asombrosos y sus hermosos personajes, inolvidables y fascinantes en cuanto salen de su imaginación.

—Sigue, Bella —invitó el Equilibrio del Universo.

—A Milo Zederiak se le ha partido el corazón —dijo ella—. Hace poco falleció su esposa, su compañera de toda la vida y también su inspiración, su alegría.

La Gran Asamblea sintió una corriente de dolor

atravesándola de punta a punta. Cada parte del Espacio percibió la intensidad de aquel sentimiento tan humano y, por lo tanto, tan ajeno a ellos.

—En el Mundo de los Humanos es natural algo así, ¿verdad?

—Sí, Equilibrio —dijo la compañera de la Bestia—, ¡pero ahora Milo se halla tan inmerso en su dolor, que ha dicho que jamás volverá a escribir cuentos! ¿Comprendes? ¡Nunca!

Todos entendieron de pronto lo que esto significaba. El Mundo de la Fantasía era esencial en el Universo, y el Equilibrio lo sabía. Sin Fantasía... ¿qué cabía esperar?

¿Y acaso los niños no eran los seres más fantásticos del Universo?

—Es algo... terrible —confesó el Equilibrio.

—Una catástrofe —manifestó el Sol brillante.

—¡Tienes que ayudarnos! —suplicaron Bella, Peter Pan y Hércules.

—Comprendo el problema —reconoció el Equilibrio con voz triste—, pero no puedo alterar las leyes naturales devolviéndole la vida a esa mujer, ni puedo alterarme... a mí mismo. El Equilibrio está para eso.

—No pretendemos eso —reconoció Bella—. Sólo queremos que nos ayudes a rescatar todas las ideas y todos los personajes que han quedado dentro de la mente de Milo y que ahora, si él no vuelve a escribir jamás, quedarán prisioneros de ella... y morirán.

3. La petición y el cambio

El Equilibrio del Universo consideró aquella insólita petición.

O no tan insólita.

–¿Es posible rescatar esas ideas y a esos personajes? –preguntó.

–Sí, aunque para ello necesitamos algo de ti –dijo Hércules.

–¿Qué necesitáis de mí?

–Que por unas horas de nuestro tiempo terrenal, nos conviertas en energía –dijo Bella.

–Ahora somos personajes fantásticos, existimos, pero carecemos de un cuerpo real, y aún más de la energía capaz de darnos la fuerza para entrar en la mente de Milo –continuó Peter Pan.

Un murmullo sobrevoló la Gran Asamblea.

–¿Queréis ser... reales? –vaciló el Equilibrio.

–Sólo siendo reales tendremos energía, y sólo siendo formas energéticas podremos entrar en la mente de Milo. ¡Es la única solución! –insistió Peter Pan.

–¡No hay tiempo que perder! –exclamó Bella.

–Yo nunca me pierdo –gruñó el Tiempo enfadado–. ¿Por qué todos dicen siempre cosas como «no hay tiempo», «qué mal tiempo hace» o «es que se me echa el tiempo encima»? ¡Qué barbaridad!

Nadie le hizo caso. Todos estaban pendientes de los mensajeros del Mundo de la Fantasía y del Equilibrio del Universo.

–¿No pueden escapar por sí mismos? –inquirió el Sol brillante.

–Eso es imposible –le respondió Bella–. En primer lugar, aún no saben nada, desconocen la realidad exterior, y cuando noten que Milo no vuelve a escribir tal vez sea demasiado tarde y se hayan secado. En segundo lugar, están guardados en departamentos y secciones, archivos y anaqueles. Hay que ir a por ellos y contarles lo que sucede. Luego organizar una expedición de rescate desde dentro.

–¡Extraordinario! –se escucharon algunas voces.

–Cuando estén fuera, los personajes y las ideas vivirán en el Mundo de la Fantasía, pero de todas

formas no serán escritas jamás –comentó el Equilibrio.

–Cierto –dijo Bella–. Pero algún día, otro escritor puede dar con ellos. Si viven, si forman parte de los sueños humanos, tarde o temprano cobrarán vida.

–¿Por qué os ha enviado el Mundo de la Fantasía a vosotros?

Se miraron entre sí.

–Para una misión así, un héroe fuerte como Hércules es necesario –sonrió Bella–, y también un niño hábil y ágil como Peter Pan, lleno de recursos –los dos aludidos se pusieron rojos–. En cuanto a mí... –la muchacha se encogió de hombros–. El toque femenino, supongo.

–¡Oh, ella es muy buena! –asintió vehemente Hércules–. Lo que hizo con Bestia tiene mucho valor, vaya que sí.

–Desde luego –abundó Peter Pan–. Es dulce y agradable pero también tiene un carácter... –agitó su mano arriba y abajo poniendo énfasis a sus palabras.

Los tres volvieron a callar, esperando la resolución del Equilibrio.

No era fácil.

Le pedían que transgrediera algunas leyes cósmicas.

Aunque fuese por unas horas.

Se hizo el silencio.

–Es una petición peculiar –consideró riguroso el Equilibrio–. Insólita y poco común.

Pero también sabía que era la mejor opción para todos.

Hasta el Tiempo dejó de moverse.

Y cuando el Equilibrio del Universo tomó de nuevo la palabra:

–Bella, Peter Pan, Hércules, lo que vais a hacer es muy valeroso por vuestra parte. Valeroso y temerario. Incluso puede que os quedéis para siempre prisioneros de la mente de Milo Zederiak en caso de que fracaséis. Os arriesgáis mucho, y esto ha de ser valorado en su justa medida. No es bueno cambiar el orden cósmico, alterar lo establecido, hacer concesiones y crear antecedentes, pero os mueve una empresa en verdad noble, y no es menos cierto que necesitamos del Mundo de la Fantasía para que todo sea mucho más agradable. Por lo tanto...

Nadie se movió, ni el Tiempo.

Una luz blanca, cegadora, fluyó de la mano del Equilibrio. Voló, o mejor dicho estalló, envolviendo a los tres mensajeros. Fue como si una supernova reventase en el espacio, y cuando desapareció, aunque ellos parecían estar tal cual, los presentes supieron que el milagro se había producido.

Bella, Peter Pan y Hércules, tenían energía.

–Id –proclamó el Equilibrio–. ¡Y sed justos!

Un griterío celebró la resolución tomada en la Gran Asamblea.

Y ese fue el comienzo.

4. Milo Zederiak

El viaje de regreso al Mundo de las Brumas Sólidas fue fulgurante.

Cerraron los ojos y sintieron sobre sí mismos el soplo especial del Gran Viento Cósmico. Los empujó a través del Espacio con suavidad, y cuando todo se hizo claro ante sus ojos se encontraron en su destino. Como por arte de magia.

El Mundo de las Brumas Sólidas era un lugar muy especial. Por un lado, el más habitado del Universo. Por el otro, un sitio fascinantemente bello y agradable. Formaba parte de un pequeño planeta llamado Tierra, tercero de los que integraban el llamado Sistema Solar. Ese planeta lo habitaban unos entes vivos llamados seres humanos. Y los seres humanos eran de lo más extravagantes y curiosos, cualquiera lo sabía. Por ejemplo, se pasaban la vida corriendo de un lado para otro y luchando contra el Tiempo –de ahí que siempre estuviese molesto, el pobre–. Además de la vida, tenían dones preciosos, como su capacidad de amar, pero no siempre la utilizaban y, de vez en cuando, se peleaban entre ellos organizando unos líos espantosos. Apasionados, extrovertidos, raros, egocéntricos, multirraciales... los humanos admitían cualquier apelativo, pero su inteligencia les hacía maravillosos y únicos.

Aunque esa es otra historia.

Milo Zederiak era de los maravillosos y únicos en grado superlativo.

El Mundo de las Brumas Sólidas flotaba en el Espacio envuelto en nubes blancas y quietudes que iban rompiéndose a medida que se acercaban a él. Ahora, Bella, Peter Pan y Hércules lo vieron de forma distinta. Tener energía los hacía... casi humanos. Ya no eran sólo una fantasía. Por sus cuerpos corrían miles de sensaciones. Así que lo vieron todo diferente, los mares y las tierras, las ciudades y los pueblos.

–Recordad que dispondremos sólo de unas pocas horas para cumplir la misión –insistió Bella–. El tiempo que dure una noche de sueño de Milo.

–Ya, ya –se inquietó Peter Pan.

–¡Bah, no os preocupéis! –se jactó Hércules–. Esto será un paseo, una aventura fantástica y nada más. Para algo estoy yo aquí. Los héroes...

–¡Oh, Hércules, no seas pesado! –arrugó la cara Bella.

A veces era un poco pedante.

–Yo únicamente quería tranquilizaros –se puso orgulloso el héroe mitológico.

Descendieron sobre el mundo de los humanos. Primero un país, después una región, finalmente el pueblo apartado y apacible en el que vivía Milo Zederiak, el gran escritor de cuentos. No fue difícil ya dar con la casa, porque ante su puerta había un grupo de niños y niñas, silenciosos, como si formaran una cálida guardia.

Anochecía.

Los tres entraron por una ventana del zaguán. Una vez allí se quedaron solos. El soplo de viento desapareció. Caminaron despacio por aquel enorme lugar, al menos para ellos, y se encontraron en una habitación llena de libros infantiles. Los había a cientos, a miles. La casa estaba muy silenciosa.

–¿Dónde estará Milo? –se preguntó Bella.

–¿Y si ya se ha dormido? –se alarmó Peter Pan.

–Eso sería terrible –recordó Hércules–. La única forma de entrar en su mente es a través del sueño que cada noche le envía el Mundo de los Sueños y las Pesadillas. ¡Hemos de hacerlo con él!

Siguieron buscando a Milo Zederiak.

Hasta que, de pronto...

—¡Allí! —gritó Bella.

Vieron a un hombre, anciano, sentado en una butaca y con la mirada perdida en ninguna parte. Un hombre de expresión triste, derrotado y vencido, con tanta amargura en su semblante que los alcanzó de lleno y casi les hizo echarse a llorar.

Milo Zederiak.

El gran escritor de historias para niños.

5. Viajando con un sueño

El rostro del anciano estaba surcado de arrugas, igual que si un arado de hojas muy agudas lo hubiese labrado a conciencia. Y cada arruga era un camino de amargura. Los ojos, claros y limpios, se hundían en la profundidad de sus cuevas oscuras. Su quietud, sin embargo, no resultaba fría, sino que desprendía calor y ternura. A su alrededor, el espíritu de su creatividad le acompañaba y se manifestaba pese a la penumbra. Los tres intrusos vieron ilustraciones de los libros escritos por Milo hechas por grandes dibujantes, todos sus personajes, sus historias en estantes y librerías, las filmaciones de algunas de ellas. En una mesa, un ordenador esperaba paciente a que las manos de su dueño volvieran a deslizarse por el teclado.

Pero las manos de Milo Zederiak estaban quietas, apoyadas en su regazo, tan muertas como su corazón.

Parecía esperar...

Esperar y dejar que pasara el tiempo.

–Qué escena tan triste –susurró Bella.

–Un escritor que no escribe –suspiró Peter Pan–. ¿Qué podría hacerle cambiar de idea?

–Sólo una cosa, y es imposible que suceda: que vuelva su esposa del Más Allá –terció Hércules.

–Si lográramos hacerle reaccionar, demostrarle que la vida sigue –se empeñó Bella.

–No sueñes, esto no es el Mundo de la Fantasía, es la realidad –dijo Peter Pan.

–Sí, contentémonos con liberar a esos personajes de su encierro, algo que ya será bastante difícil. Que él vuelva a escribir no depende de nosotros, sino de su capacidad de reacción –afirmó Hércules.

–Así es el Mundo de los Humanos –se encogió de hombros Peter Pan.

–¡Eh, mirad! –gritó de pronto Bella.

El escritor se había levantado de su butaca. Dio un paso, miró su ordenador y dejó caer la cabeza sobre el pecho. Luego, con movimientos cansinos y más apesadumbrados, echó a andar.

Lo siguieron.

Milo Zederiak abrió una puerta. Era la de la cocina. Conectó la luz y se quedó unos segundos quieto delante de una mesa en la que había un pedazo de pan seco y algo de queso. Fue a cogerlo pero su mano vaciló de nuevo. Una fuerza invisible lo atenazó y paralizó, hasta que renunció a su idea y salió de la cocina arrastrando los pies. Su siguiente parada, la última, fue su habitación, la cama.

Se sentó en ella, con la mirada tan perdida como siempre en ninguna parte, y al cabo de unos minutos reaccionó una vez más, se desnudó, se puso un gastado pijama y se metió dentro. La parte izquierda estaba tan vacía que se puso de espaldas para no verla.

Por último cerró la luz y los ojos.

–Está muy, muy triste –gimió Bella.

–No se puede vivir con tanta amargura –manifestó Hércules.

La respiración del escritor fue primero irregular. Le oyeron dar algunas vueltas. Poco a poco, lentamente, se hizo más y más acompasada. El silencio acabó dejando oír su música. Si todo iba bien, un sueño humano se mantenía alrededor de ocho horas.

Ese era su tiempo.

–¿Duerme? –cuchicheó Peter Pan.

–Sí –le confirmó Hércules.

–¿Dónde estará ese Sueño que ha de hacernos entrar en su mente? –se preguntó Bella.

–Aquí –oyeron una vocecita.

Se asustaron un poco. En realidad lo tenían ante sus narices, pero claro, era un sueño, y no estaban preparados para verlo a menos que él mismo lo quisiera. Los sueños son tan inmateriales como las ideas, pero existen.

Ése era un sueño precioso, de color verde... no, rojo... mejor dicho... tenía rasgos azulados, y también anaranjados... o no, tal vez... Bueno, daba igual, lo cierto es que los tres estaban impresionados.

–¡Caramba, eres fantástico! –exclamó Bella.

–Oh, ya lo sé –se jactó él–. Soy un sueño para momentos especiales. Hay muchas clases de sueños, felices, agradables, normales, de aventuras, raros... pero como yo, hay pocos –se atufó desprendiendo chispas de colores, mostrando toda su hermosura–. De todas formas, a ese humano, Milo, por ser tan excepcional, el Mundo de los Sueños y las Pesadillas siempre le ha enviado muy buenos sueños.

–¿Cómo son las pesadillas? –preguntó Hércules curioso.

El Sueño se estremeció.

–Horribles –dijo escuetamente–. No tengo palabras para expresároslo. Tan feas y espantosas... –se estremeció de nuevo–. Bueno, ¿estáis dispuestos? No hay tiempo que perder.

–Sí, pongámonos en marcha cuanto antes –reconoció Bella.

–Espero que tengáis suerte. El Mundo de los Sueños y las Pesadillas también está preocupado. Es una catástrofe. Sin los cuentos de Milo, los niños del mundo de los humanos tendrán más problemas, sueños menos felices. El Universo entero está pendiente de vosotros. Y recordad que si él despierta y seguís dentro de su cabeza... ya no podréis salir, seréis prisioneros como los demás.

Bella, Peter Pan y Hércules se miraron entre sí, impresionados por tanta responsabilidad. Pero no pudieron hacer o decir nada más.

–Y ahora... atención –dijo el Sueño–. Vais a formar parte de mí para cruzar la barrera de lo sensorial, para convertiros en algo infinito y tan liviano que...

6. En la mente del escritor

Fue como una explosión silenciosa.

Bella, Peter Pan y Hércules sintieron como el Sueño los envolvía, agigantándose en torno a ellos. De repente todo se hizo oscuro, pero en un segundo, se encontraron volando en medio de un Arco Iris celestial. Los colores estallaban formando millones de estrellas que danzaban al compás de una música increíble. Allí dentro todo era felicidad y alegría, una explosión de sensaciones a cual más agradable. Tuvieron ganas de cantar y reír, pero se quedaron muy quietos, sin saber qué hacer, mientras seguían volando y volando, atravesando espacios increíbles, empujados por toda aquella fantasía.

–¿Vais bien? –oyeron preguntar al Sueño.

–Oh, sí –aseguró Peter Pan, para el cual aquello de volar no era nada nuevo.

–Es muy hermoso. Jamás había sentido nada igual –dijo Bella.

El Sueño se rió.

–Soñar es muy bonito, lo mejor de la noche y del acto de dormir. Es como vivir otra vida, por eso es tan importante tener sueños agradables y no pesadillas terribles, aunque también se aprende de ellas.

–¿Cómo te llamas? –quiso saber Hércules.

–Yo soy el Sueño Viajero, porque siempre voy de un lado a otro visitando personas que necesitan un sueño hermoso. En mi interior hay de todo, paz, paisajes maravillosos, sensaciones felices... Bueno, atención, el viaje ha terminado. ¡Vamos a entrar en la mente de Milo! ¡Agarraos porque a veces el impacto es fuerte!

Esperaban algo sobrenatural. Trataron de sujetarse a un puñado de luces pero sus manos pasaron a través de ellas. La velocidad aumentó.

–¿Agarrarnos? –se asustó Bella–. ¿Adónde?

–Como no sea el uno al otro... –vaciló Peter Pan.

Y se abrazaron los tres, por si acaso, aunque fue más bien Hércules quien les cubrió a ellos dos con sus fuertes brazos de dios mitológico.

La velocidad aumentó más y más.

¡Zzzzzzzzssssssssssuuuuuuuuuuummmmmmmm!

Todo estaba en el Sueño Viajero. Ríos y océanos, valles y montañas, seres increíbles y fantasía, vida y más vida. Un tumulto extraordinario que en el momento de entrar en la mente del dormido Milo Zederiak se convertía en caos. Con aquel Sueño, el escritor sería feliz unas pocas horas, las necesarias para que ellos actuaran.

–¡Allá vamos! –gritó el Sueño Viajero.

Se hizo la oscuridad.

El silencio, de nuevo.

Un tenue silbido del viento, como si lo atravesaran todo igual que una flecha directa a una imaginaria diana.

¡Ssssssssss.........!

La negrura dio paso a una luminosidad intensa que, a su vez, se convirtió de nuevo en un universo de colores vivos. Ahora sobrevolaban un paisaje extraño, rojizo. Había cuevas y túneles, montañas suaves y redondas. Reconocieron las circunvoluciones de un cerebro humano.

¡Estaban en la mente de Milo Zederiak!

El Sueño Viajero, a su paso, excitaba todo aquel lugar, humedecía la sequedad, hacía nacer flores, producía vibraciones, lo estimulaba.

–Siento... como si flotara –manifestó Bella.

–Sí, es una sensación muy agradable –reconoció Peter Pan.

–¿Qué estará soñando él? –se preguntó Hércules señalando hacia abajo.

El Sueño Viajero perdió velocidad. Salieron de uno de los túneles y planearon sobre una especie de llanura rodeada de montañas, bueno, de circunvoluciones mentales.

–¡Preparaos! –advirtió el Sueño–. Yo no puedo detenerme, o Milo podría despertar y eso sería fatal para vosotros, así que... ¡Saltad cuando os lo diga! ¡Y buena suerte!

–¡Espera! –se asustó Bella–. ¿Hacia dónde hemos de dirigirnos?

–¡Hacia la Imaginación, pero yo no sé el camino, así que tendréis que encontrarlo vosotros!

–¡La Imaginación puede estar en cualquier parte, y esto es inmenso! –gritó Peter Pan.

Esta vez no hubo respuesta. El Sueño Viajero apenas si se movía a no mucha distancia del suelo.

–¡Saltad, saltad ahora!

No pudieron discutirlo. Se cogieron de las manos y saltaron, con Bella en medio de sus dos compañeros. Como Peter Pan podía volar hizo el esfuerzo de sostenerlos un poco, pero Hércules era muy pesado y cayeron a plomo. Peter también comprendió que allí dentro su poder quedaba apenas esbozado. Todo era diferente.

Cayeron sobre aquella superficie rojiza. No se hicieron daño, porque era blanda, igual que una mullida alfombra. Se levantaron de inmediato y cuando miraron hacia arriba vieron al Sueño Viajero perdiéndose por el horizonte montañoso. Parecía una bola de colores, sólo eso.

Estaban solos en un lugar desconocido.

7. El Nervio Sensible

–**La mente de** un ser humano...

–¿No es fantástico?

–Impresionante.

Miraron a su alrededor, fascinados. El color rojizo de la carne se hacía a veces rosa y a veces mucho más intenso. No parecía haber mucha variedad. Por arriba era como si una cúpula los envolviese. La calma era absoluta.

–Nada se mueve –dijo Bella.

–Y sin embargo, de día, la actividad de la mente debe convertir todo esto en un mundo lleno de agitación y tráfico, ideas yendo y viniendo, pensamientos aquí y allá, órdenes para caminar, detenerse, hablar, comer. Estamos en el centro neurálgico de una frenética actividad.

–Hemos de actuar con precaución, recordad –alertó Peter Pan.

Sí, habían sido avisados. Eran cuerpos extraños, no pertenecían a Milo, y aunque también lo era el Sueño, se trataba de algo muy distinto. Nadie sabía muy bien, porque era la primera vez que se hacía, cómo reaccionaría la mente de un humano ante aquella invasión. El Equilibrio del Universo les había hablado de un posible Cuerpo de Guardia cerebral, y de las llamadas Reacciones Imprevistas, y por supuesto estaban las Malas Ideas, muy perversas ellas, y las Sensaciones de rechazo...

–Pongámonos en marcha –se decidió Peter Pan.

–¿Hacia dónde? –miró a todas partes Hércules.

–Siempre que existan varios caminos, escoge el más difícil –dijo Bella.

–Pues entonces por ahí –señaló Peter Pan.

Echaron a andar.

–¿Quién te enseñó esa máxima? –preguntó Hércules.

–Nadie –se encogió de hombros Bella–, me la acabo de inventar.

Se echaron a reír, los tres, y ese buen humor les permitió rebajar la tensión y el miedo. Durante un buen rato se movieron por aquellos vericuetos infinitos, aunque la blandura del suelo les hacía muy difícil correr. Cruzaron cuevas, desniveles, oquedades. Ni siquiera sabían cómo transcurría el tiempo. Un par de veces vieron a lo lejos al Sueño Viajero. Entraron en una cueva y al darse cuenta de que no tenía salida Hércules se enfadó. Le dio un puñetazo a la pared más próxima.

Un terremoto pareció sacudir el lugar.

–¡Serás bruto! –protestó Bella.

Mantuvieron el equilibrio a duras penas y cuando todo se calmó vieron al causante de todo aquello. Era un pequeño Nervio que cruzaba la pared golpeada por Hércules. Debía estar plácidamente dormido y ahora desde luego lo que estaba era enfadado. Muy enfadado.

–¡Maldita sea! –gritó tocándose la cabeza con sus terminaciones–. ¿Soy acaso un músculo de más abajo? ¿Verdad que no? ¡Soy un nervio sensible! ¡Eso es lo que soy! ¿Quién me ha activado?

Cuando vio a Bella, Peter Pan y Hércules calló de golpe. Pero sólo un segundo.

–¿Quiénes sois? –se echó a temblar–. ¿Enemigos? ¡Oh, tendré que dar la alarma!

Bella reaccionó con rapidez.

–¡No, no hagas eso! –le detuvo–. No somos enemigos.

–Enemigos, enemigos –el Nervio Sensible vaciló, aunque en realidad parecía hablar consigo mismo–. Te dicen: tú ahí, y vigila. Y yo pregunto: ¿vigilar, qué, si por aquí no se va a ninguna parte? Y me dicen: que no pasen los enemigos. Y yo pregunto: ¿y cómo son los enemigos? Pero no me lo dicen, porque apuesto a que ni ellos lo saben. ¡Caramba, caramba! ¡Uno es un simple nervio, no todo un cerebro!

–Nos hemos perdido –logró decir algo Peter Pan.

–¿Perdido? ¡Qué curioso! ¡Tenéis tres cabezas y os perdéis en una! –su comentario le hizo gracia y se puso a reír–. ¿Como pueden tres cabezas perderse en una cabeza? –y se rió aún más–. ¡Oh, ja, ja, ja! ¿No tiene gracia?

Comprendieron que aquel Nervio era un poco simple. Por eso estaba en un camino perdido, alejado de todo. Pero le necesitaban.

–Salimos de la Imaginación para dar una vuelta... y ahora no sabemos volver –se puso triste Bella.

–¡Ah! –dijo el Nervio Sensible–. ¿De modo que sois algunos de esos locos seres producto de la Imaginación de esta cabeza? Ahora lo entiendo.

–Hemos de regresar cuanto antes –suplicó Hércules.

El Nervio cruzó varias de sus terminaciones, enojado.

–¡Oh, sí, mira qué bonito! Aquí a vosotros se os ocurre dar una vueltecita y ¡pumba!, os perdéis. ¡Qué gracia! ¡Perfecto! Veamos, ¿qué sucedería si yo hiciera lo mismo? ¿Os imagináis el desorden? ¡Nervios fuera de lugar cruzándose con venas y arterias, el estómago en el pecho, los gemelos en un codo o el esternón en la nuca! ¿Qué me decís?

Empezaban a impacientarse, pero o tenían tacto o...

–Por favor –le acarició Bella–. Dinos como regresar a la Imaginación y no le diremos a nadie que tú estabas dormido.

El Nervio Sensible se puso tieso de golpe. Y pálido.

–¿Dormido yo? ¿Cómo...? Veréis, esto... Yo no dormía, ¿de acuerdo? Simplemente... descansaba, eso, descansaba.

–Claro –dijo Peter Pan–, ya lo imaginábamos. Ahora que tal vez esté cerca tu traslado a una zona mejor, o quizás acaben este túnel...

El Nervio les miraba implorante, aunque la idea de un traslado o de que su túnel llevara a alguna parte le gustaba mucho. Se le notaba.

–No tenéis más que dar media vuelta, salir de aquí –les dijo a toda prisa–, tomar la senda de la izquierda hasta llegar a los grandes arcos y una vez en ellos os metéis por el tercero de la derecha. No tenéis pérdida –e impacientándose más y más les apremió–: vamos, ¡vamos! ¿A qué esperáis?

No perdieron más tiempo. A la mayor velocidad posible salieron del túnel dejando atrás a su curioso compañero y preguntándose qué más iban a encontrarse por allí.

Y eso que acababan de llegar.

8. El prisionero de las Malas Ideas

Corrieron tanto como pudieron para huir de la ignorancia del pobre Nervio Sensible, siempre quieto en su cueva sin salida, y Hércules, desde luego, se dijo que no iba a tocar nada más, no fuera a liarla. Siguieron sus indicaciones y enfilaron una senda bastante sinuosa que, a veces, se convertía en un pasadizo muy angosto por el que debían caminar en fila india. Cada vez que Peter Pan intentaba volar, se cansaba mucho, así que su facultad quedó mermada.

–La Imaginación debe de estar muy bien protegida –consideró Bella–. Por eso es tan difícil dar con ella.

Llegaron a los arcos. El tercero de la derecha era el más pequeño. Se internaron por él y a medida que caminaban, la iluminación menguó más y más. Casi se hizo la oscuridad total.

–Si ese Nervio estúpido nos ha engañado, volveré y le haré un nudo con todas sus terminaciones –gruñó Hércules.

La senda empezó a ser ascendente y la luminosidad regresó. Las paredes eran más rugosas y ya no sólo rojizas. Al fondo vieron una mayor claridad y cuando llegaron al extremo...

Se quedaron atónitos.

Ante sí tenían un valle espléndido.

Un valle lleno de maravillas, montañas, árboles, ríos, lagos, más y más colores bajo un cielo azul presidido por un gran sol muy cálido.

¡Un mundo dentro de otro mundo!

–¡La Imaginación de Milo Zederiak! –logró exclamar Bella.

–Pues no está seca, ni muerta, sino muy viva –hizo notar Peter Pan–. Quizás haya una esperanza.

No pudieron seguir hablando. Un ruido a sus espaldas les hizo parapetarse en un saliente, por si las moscas. Después de lo del nervio, mejor no fiarse. Y esta vez acertaron. El ruido, muy extraño, se acercó más y más. Cuando vieron al causante...

Era... bueno, resultaba un poco difícil de definir. En primer lugar parecía una bola negra, peluda y viscosa. Pero observándola mejor se apreciaba en ella una transparencia especial que permitía ver su interior. ¡Y ese interior estaba lleno de imágenes horribles, pesadillas, cosas feas, aún más que la bola que las contenía!

–¡Qué ser tan monstruoso! –tembló Bella.

–Es una Mala Idea –explicó Peter Pan.

Vieron cómo se alejaba por la senda y esperaron todavía un rato antes de salir de su parapeto para reanudar la marcha. La visión les había afectado mucho. A los peligros naturales de su misión, se sumaba ahora la presencia por los alrededores de aquellos seres diabólicos.

–¿Cómo surgen las Malas Ideas? –preguntó Hércules.

–No estoy muy seguro –calculó Bella–. Puede que sean Ideas Buenas que se han vuelto locas o se han echado a perder, o Malos Pensamientos que no son apartados a tiempo y se quedan en la mente, vagando por ella libremente, con el peligro de que un día puedan volver y convertirse en importantes. Simples residuos que todos tenemos.

–Pues una mente con muchas de esas Malas Ideas sueltas... –convino Peter Pan.

–Hay personas enfermas, a veces locas, a veces malas –suspiró Bella.

La Mala Idea se había evaporado por algún lugar. Siguieron caminando, cada vez con más precauciones. Ya estaban entrando en el valle, es decir, en la imaginación de Milo, aunque no sabían si era muy grande o si tenía un centro. Cuanto más se acercaban a su objetivo, más se preguntaban qué harían llegado el momento. ¿Y si los personajes y los cuentos prisioneros eran miles? ¿Cómo saldrían todos juntos?

–¡Socorro!

Se detuvieron.

–¡Socorro, por favor!

Olvidaron las precauciones y el incógnito. La voz, angustiada, procedía de alguna parte a su izquierda. Hércules tomó la delantera, seguido de Peter Pan, que daba saltos y medio volaba a duras penas. Bella cerraba la comitiva. El primero se detuvo detrás de unos matorrales y esperó a los otros dos. Al otro lado contemplaron el origen de los gritos.

La Mala Idea negra que habían visto antes, y otra, ésta verde y tan espantosa como la primera, tenían atrapado a alguien entre sus garras, un ser diminuto, pequeñísimo, al que casi no podían distinguir desde su posición.

–Vamos a comerte –decía en aquel momento la Mala Idea verde.

–Pero primero vamos a asustarte mucho, porque con miedo sabrás mejor –agregó la Mala Idea negra.

–Te pincharemos.

—Te morderemos.

—Te...

—¡Socorro! –gritaba el ser diminuto.

—Parece un gnomo, un enanito azul –susurró Bella.

La escena era terrible. Las Malas Ideas se lo estaban pasando en grande a costa del enanito, abusonas ellas.

—¿Qué hacemos? –preguntó Peter Pan.

—Si intervenimos podemos echarlo todo a perder. Nos descubrirían antes de tiempo –expuso Hércules.

—Sin embargo, ¿cómo podemos dejar a ese infeliz en poder de esas bestias? –argumentó Bella.

Sonrieron.

—¡Vamos allá! –se animó Hércules por tener un poco de acción.

9. El Enano Infiltrado

Las dos Malas Ideas tenían muy bien agarrado al gnomo. De alguna forma Hércules sabía que en su terreno, aquellas dos perversas formas quizás tuvieran más fuerza y agilidad que él, y con sus nefastas artes tal vez le pudieran pese a su fuerza. Pero cabía esperar que, como cualquier ente malvado, las Malas Ideas fueran también cobardes y traidoras.

Los gritos del enanito eran patéticos y ponían los pelos de punta. Las carcajadas de las dos Malas Ideas, por contra, resultaban tan desagradables como ellas.

–¿A qué esperáis? –se impacientó Bella.

–Vaya, ¿tú no vas a hacer nada? –preguntó Hércules.

–¿Yo? Soy una chica.

–Pues sí que estamos bien –se enfadó Peter Pan.

–¿Y lo de la igualdad? –frunció el ceño con malicia Hércules.

–De acuerdo, que no se diga –se hartó de discutir Bella mientras se arremangaba–. ¡Al ataque!

Les pilló de improviso. No lo esperaban. No tuvieron más remedio que seguirla. Bella lanzó un grito de guerra más tremebundo que los de las Malas Ideas. Eso hizo que se detuvieran. Al ver a la heroína de La Bella y la Bestia no pudieron creérselo. Pero aún lo creyeron menos al ver casi volar a un chico vestido de verde y a un gigantón musculoso.

En realidad, Bella no llegó a su destino. Tropezó y se cayó al suelo a un metro de las dos bolas viscosas. Hércules le pasó por la derecha y Peter Pan le voló por la izquierda. El primero atizó a la Mala Idea negra un golpe que la hizo rodar por el suelo. El segundo cayó encima de la verde y le puso las manos en los ojos.

–¡Ay! –gritó la Mala Idea negra.

–¡Huy! –gritó la Mala Idea verde.

–¡Así, así, dadles! –gritaba Bella con los puños cerrados, golpeando el aire, ya puesta en pie.

–¡Coge al enano! –le ordenó Hércules, que ya acudía en ayuda de Peter Pan.

Fue decisivo. La Mala Idea verde se encontraba

cegada y, además, el mamporro de Hércules, después de sujetar a Peter Pan, la hizo rodar igualmente hasta chocar con su compañera. Tenían ya la ventaja necesaria.

–¡Vámonos! –gritó el fornido héroe.

No era cosa de seguir plantándoles cara.

Bella, con el enano en sus brazos, corría hacia la espesura. Hércules y Peter Pan hicieron lo mismo. Cuando las dos Malas Ideas reaccionaron era tarde. Quisieron seguirles pero les perdieron el rastro entre la maleza del bosque abierto en la Imaginación del escritor. Estaba claro que entre sus habilidades, no tenían la del olfato. ¿Para qué iba a querer una Mala Idea oler algo?

Pese a todo, estaban cerca.

–¿Por dónde? –le preguntó Bella al gnomo.

–¡Por ahí! –señaló éste.

Eran dos árboles, gemelos, muy altos, pero tan normales como cualquier otro.

–¿Estás seguro? –vaciló ella.

–¡Que sí, mujer, tranquila!

Bella enfiló los árboles. Por detrás, alcanzándola, sus compañeros no hicieron preguntas. Más a su espalda se oían las voces de sus perseguidores.

–¡No escaparéis!

–¡¿Creéis que somos tontas?!

Se metieron por entre los árboles y, a lo lejos, vieron una franja de cerebro despejada de vegetación salvo por una extraña puerta de agua.

–¡Allí! –señaló el enanito.

Vuelta a la carrera, y sin preguntas. Las Malas Ideas también pasaron por entre los dos árboles porque las oyeron gritar:

–¡Ahí están!

–¡Ya los tenemos!

Dieron los últimos pasos. Entraron por la puerta de agua... que no les mojó, y nada más cruzarla oyeron suspirar al gnomo mientras decía:

–¡Salvados!

En efecto, las Malas Ideas no cruzaban aquella puerta. Veían sus formas al otro lado, rabiosas, dando saltos.

–¡Por poco! –reconoció Bella, exhausta.

–¿Por qué se han detenido esas dos cosas? –preguntó Peter Pan.

–Porque las Malas Ideas pueden moverse por todas partes menos por una, y estamos en ella –dijo el gnomo–: el corazón de la Imaginación de Milo Zederiak.

–¿Hemos llegado? –alucinó Bella.

–¿Y quién eres tú? –quiso saber Peter Pan.

–¿Yo? –el salvado sonrió de oreja a oreja, con malicia–. Yo soy Pericoy, el Enano Infiltrado.

–¿Y qué es un Enano Infiltrado? –inquirió Hércules atónito.

–Un incordio, ese que siempre está en todas partes, metiéndose en problemas, sorprendiendo a los demás y causando líos –respondió aparentemente muy feliz el gnomo–. Ése soy yo.

10. El mundo mágico

Aquel lugar era fascinante.

Como si hubiera dos valles, el superior, enorme, en el que acababan de estar, y el inferior, más pequeño, al cual habían accedido por la puerta de agua. Allí volvía a haber pasadizos, cuevas, agujeros y caminos que serpenteaban de uno a otro lado. Lo más original era que el techo, por encima de sus cabezas, era transparente. Las raíces de las plantas y los árboles colgaban por encima de sus cabezas, nutriéndose de algo más que la savia de una tierra fértil. Allí todo vivía de la imaginación de Milo Zederiak. Hasta el aire sabía mejor, era dulce, aromático. Si el Paraíso tenía un espacio, sin duda era aquello.

–Tiene una imaginación maravillosa –reconoció Bella.

–¿Milo, el creador? –dijo Pericoy–. Sí, desde luego. Aunque ahora hace muchos días que nos tiene abandonados. Estará de vacaciones, y eso que él incluso en vacaciones trabaja, porque escribir es lo que más le gusta.

–Ya no –dijo Peter Pan.

Pericoy no le escuchó. Miraba a Bella embelesado.

–¿Qué hacías ahí afuera? –preguntó Hércules.

–Os estaba buscando.

–¿A nosotros?

–Sí. Hace un rato ha pasado un Sueño Viajero a gran velocidad. No ha podido detenerse, pero ha gritado que había tres visitantes, que tal vez estuvieseis perdidos, y que necesitabais ayuda. Luego ha seguido volando y eso ha sido todo. No pude oír el resto. Sea como sea, salí en vuestra busca. Me estaba aburriendo por la falta de novedades que hay por estos lares. ¡Tengo tantos deseos de que Milo me utilice en un cuento para poder salir de aquí!

Todos le miraron con tristeza.

–¿Qué pasa? ¿He dicho algo malo?

Parecía un chico despierto, inteligente, diminuto y problemático pero lleno de energía.

–Vas a salir de aquí, Pericoy –le dijo Bella–, pero no en la forma que esperas.

Y llegó el momento de contarle la verdad, por

qué Milo llevaba días sin hacer nada y su Imaginación, todavía no seca, sí se había quedado casi paralizada. Le dijeron también cuál era su misión y sus nombres. Pericoy se quedó blanco, anonadado por las noticias, y luego, muy triste. Cuando acabaron su relato, sin embargo, entendió la gravedad de la situación y reaccionó con mucha presteza.

–Pues la tarea no es fácil –reconoció.

–¿Nos ayudarás? –preguntó Peter Pan.

–¡Por supuesto que sí! Me habéis salvado.

Tenía la cabeza redonda, las orejas puntiagudas, la barbilla afilada, su traje estaba hecho con hojas y el gorrito era muy curioso. Calzaba unas anchas botas de color rojo y el color azulado de su piel era muy brillante.

–¿Es muy grande la Imaginación de Milo Zederiak?

Soltó un bufido. A lo peor era... infinita. Para algo era escritor.

–Es como un Universo metido en el mismo Universo –explicó el Enano Infiltrado–. Si Milo viviera mil años y quisiera seguir escribiendo, podría escribir un millón de cuentos. Y si viviera eternamente, de aquí saldrían eternamente las historias más bonitas y los personajes más fantásticos.

–Entonces, ¿no hay nada que hacer? –se desilusionó Bella.

–Yo no diría tanto –sonrió Pericoy–. Es cierto que nos queda muy poco tiempo, y que hay mucho que hacer, pero... la Imaginación de un escritor no es ni mucho menos un caos. Aquí hay un orden absoluto, y todo está en su sitio.

–Luego es posible cumplir la misión –se animó Peter Pan.

–Démonos prisa –se puso en marcha–, te lo contaré por el camino.

Se internaron por sendas increíbles y sorprendentes, de color plata y de color oro, blancas y verdes, señalizadas con palabras sueltas sobrantes de otros cuentos, pobladas por animales singulares que los veían pasar curiosos. Por todas partes colgaban imágenes perdidas, retazos de fantasías a modo de fantasmas latentes allá abajo. El eco de miles de risas aleteaba por doquier.

Era un lugar feliz.

Nadie sabía que Milo había dejado de escribir.

11. De camino al Centro de Operaciones

Pericoy empezó a contar la historia.

–Verás –dijo–, cuando Milo Zederiak comenzó a escribir, las ideas, los personajes, las historias... nacían en esta Imaginación a cientos, como por arte de magia. Los Centros de Producción, situados en las esquinas, no paraban ni un minuto, así que, muy pronto, la Imaginación se llenó de seres fantásticos que iban de un lado a otro en el más completo desorden. Todo esto lo sé bien, porque soy de los viejos, de los primeros personajes que Milo creó. Así, en el instante en que el escritor necesitaba algo o a alguien para un cuento, resultaba que no lo encontraba y el pobre Milo tardaba mucho en escribir. En aquellos tiempos no era ni mucho menos el mejor escritor de cuentos del mundo, por supuesto.

–Sería de niño, o siendo un joven impetuoso –precisó Peter Pan.

–Poco tiempo después, Milo y su Imaginación se organizaron. El orden es indispensable en cualquier cometido, humano o fantástico. La Imaginación es un Paraíso, pero, necesariamente, era preciso un control. Entonces se creó el Centro de Operaciones.

–¡Un centro operativo! –exclamó Hércules–. ¡Extraordinario!

–Lo es –siguió el Enano Infiltrado–. El Centro de Operaciones se encargó de repartir las ideas y los personajes, creando divisiones y archivos, departamentos y almacenes. De esta manera, cuando los Centros de Producción enviaban nuevas fantasías, los responsables de las distintas secciones del Centro de Operaciones las iban organizando.

–Te entendemos –dijo Bella–. Todo lo que hay que hacer es ir a ese Centro de Operaciones. Lo que buscamos está ahí.

–En efecto, todo está allí, y desde hace algún tiempo... bajo el influjo de una gran tristeza.

–Los Centros de Producción han dejado de trabajar, ¿verdad?

–Sí, no hace mucho, los personajes y las ideas fueron desapareciendo. La Imaginación de Milo pareció detenerse. No sabíamos que su esposa había muerto. Nosotros no entendemos de esas cosas.

–Es natural –suspiró Bella–, pero ahora lo importante es sacaros de aquí, para que veáis la luz, para que volváis a la vida y para tener una oportunidad en el Mundo de la Fantasía.

Pericoy estaba ahora muy serio y triste.

–La Imaginación de Milo todavía está viva, pero a este paso, se secará y morirá. Y si esto sucede... –se estremeció–. Será su fin como escritor.

Peter Pan asintió con la cabeza.

–No podemos hacer nada– reconoció–. Escapa a nuestras posibilidades.

–¿Seguro que no habría algo...? –insistió Pericoy.

–El Universo entero lo estuvo meditando –respondió Bella–. No se encontró ninguna solución. La muerte es la muerte, y es irrevocable. La decisión de escribir corresponde sólo a él.

–Bien –reconoció a duras penas el gnomo–. Será mejor que tracemos un plan antes de llegar al Centro de Operaciones.

–¿Cómo es? –preguntó Hércules.

–Se encuentra en el interior de la montaña más alta de la imaginación y tiene cinco sectores: un Archivo General de Cuentos, una Oficina de Contabilidad bajo el mando de un Jefe de Personal, un Registro de Argumentos, un Departamento de Ideas con dos encargados, uno para las Ideas Tristes y uno para las Ideas Alegres, y, por último, un Almacén de Personajes, con una sección de Héroes y otra de Personajes Perversos.

–¡Oh, una de héroes, qué bien! –sonrió Hércules.

–¡Fantasma! –le reprochó Peter Pan.

–Mira quién fue a hablar –se picó Hércules–. ¡El niño que vuela y no quiere crecer!

–¿Queréis dejar de pelearos como tontos? –se enfadó Bella.

Se callaron.

–¿Falta mucho para llegar al Centro de Operaciones? –quiso saber la novia de la Bestia.

Pericoy se detuvo y señaló a lo lejos. Sobre el horizonte formado por el valle superior y el inferior, se veía un elevado promontorio que en sí parecía un pequeño cerebro dentro de la Imaginación del escritor. Pero era la montaña, rugosa y llena de vida, a la que se dirigían ahora.

12. ¡Y comienza el rescate!

Apretaron el paso. El tiempo transcurría muy deprisa y aún no sabían cómo escapar si lograban completar la misión. Justo cuando los tres pensaban en eso, Pericoy se lo preguntó:

—¿Cómo nos sacaréis a todos de aquí?

—No lo sabemos —reconoció Bella.

Los ojos del Enano Infiltrado se abrieron como platos.

—¡Vamos a ser un enjambre, y si salimos de la Imaginación sin lograr escapar del cerebro primero y del cuerpo de Milo después... estaremos en peligro!

—Cada cosa a su tiempo —intentó tranquilizarlo Peter Pan.

—Todo saldrá bien, tranquilo —dijo con decisión de héroe Hércules.

Se miraron entre sí. Sus historias fantásticas no tenían mucho que envidiar a la que estaban protagonizando, con la diferencia de que esto iba en serio. Era el mundo real.

Se acercaban a la montaña en cuyo interior se albergaba el Centro de Operaciones. Nada ni nadie les había cortado el paso. Cuando llegaron al pie de la misma, la rodearon para dar con una entrada. Por suerte, iban con Pericoy, porque solos no habrían sabido jamás cómo entrar. El acceso era a través de una puerta disimulada que parecía formar parte de la misma carnosa pared.

—Hay otra en el lado opuesto —indicó su guía—, junto al Departamento de Ideas.

—Oye, ¿cómo es que tú puedes vagar libremente por la Imaginación de Milo? —quiso saber Bella.

—Ventajas de ser pequeñito —el Enano Infiltrado exhibió una sonrisa pícara—. Soy el personaje más diminuto de los creados por el escritor y me gusta andar por ahí, aunque nunca salgo de la Imaginación por miedo a lo que pueda pasar. ¡Ya habéis visto el lío en el que me he metido por ir en vuestra búsqueda! Por suerte, el encargado de la Sección de Héroes es muy despistado. Paso por entre sus barbas sin que se dé cuenta.

—¿Cómo van los personajes que precisa Milo de

aquí hasta los cuentos? –se interesó Peter Pan.

–¡Oh, es muy fácil! En la cúspide de esta montaña hay un emisor. Salen de él y se transmiten mentalmente a la mano del escritor, a su voluntad, al cúmulo de fuerzas que hace que los cuentos vayan siendo escritos en el papel. También vosotros tuvisteis este proceso el día que nacisteis para un cuento, aunque ya no os acordéis de ello porque fue antes de que fuerais reales en el cuento de que formasteis parte.

–Ese emisor... –empezó a decir Bella.

–No, no podría enviarnos a todos fuera de aquí. Sólo funciona por medio del deseo de Milo. Es la única puerta de escape pero la controla él con su voluntad.

–Está bien –se resignó Bella–. ¡Adelante y ya veremos!

Entraron en el Centro de Operaciones y vieron al instante una gran sala de recepción vacía. Era un lugar fantástico, con líneas de colores en el suelo, ascensores rápidos y muchos pasadizos y escaleras ascendiendo y descendiendo en todas direcciones. En un día de trabajo, aquello debía de ser un núcleo de actividad febril. Ahora en cambio... El silencio asustaba.

–¿Por dónde empezamos? –preguntó Peter Pan.

El Enano Infiltrado señaló una de las líneas del suelo, la de color amarillo.

–El Archivo General es lo que está más cerca –apuntó.

–Pues a él –se puso en marcha Hércules.

Caminaron sobre la línea amarilla, primero por un largo pasillo, después por una escalera. Pericoy dijo que no valía la pena tomar los ascensores porque luego no cabrían todos al salir. Bella memorizaba el camino por si acaso.

Llegaron a una puerta en la que leyeron un enorme rótulo: Archivo General.

La abrieron y, al momento, se sintieron embargados por una gran emoción.

El Archivo General era un lugar inmenso, repleto de estanterías perfectamente alineadas sobre las cuales se veían cuentos y más cuentos. Parecían dormir, pero estaban vivos, muy vivos. Centenares de ojos se posaron sobre los intrusos con cierta expectación.

Y de pronto, la sorpresa fue rota por una voz aguda y chillona.

–¡Eh, tú!, ¿quién eres? ¿Qué haces aquí? ¿Dónde está tu pase?

13. Los primeros liberados

Era un anciano de larga barba blanca. Tan y tan larga que la llevaba enrollada alrededor del cuerpo. Por entre la maraña de pelo se veían únicamente sus ojillos, pequeños pero vivaces, y también una punta de nariz roja y redonda.

–Es el Archivero Mayor –cuchicheó Pericoy.

–Vaya, ¿qué tenemos aquí? –siguió el anciano–. Una hermosa muchacha, un héroe musculoso, y un niño con aspecto de ser muy especial... ¡Hum! –se llevó una mano a la cabeza y se rascó–. ¿Venís para ser archivados o tal vez os habéis equivocado de camino?

–Somos Peter Pan, Hércules y yo me llamo Bella –comenzó a explicarse ella–. Nos envía el Equilibrio del Universo para ayudar a todas las criaturas de la Imaginación de Milo Zederiak a salir de aquí.

El Archivero Mayor expresó su incredulidad.

–¿Salir de aquí? Pero, ¿qué dices? ¿Te has vuelto loca?

–¡Por favor, escúchala! –pidió Pericoy.

–¿Y tú, de dónde sales, microbio? ¡Aquí están sucediendo cosas demasiado raras!

–Tú lo has dicho –indicó Bella–. Habrás reparado ya en que algo grave está sucediendo. La Imaginación de Milo lleva días parada. El motivo no es otro que su negativa a escribir más cuentos.

–¿Y por qué no iba a escribir más? –se extrañó el hombre.

–Porque su esposa murió, y está triste –dijo Peter Pan–. Si no salís de aquí, moriréis todos al secarse la Imaginación. ¿Lo comprendes ahora? El Mundo de la Fantasía le pidió ayuda al Equilibrio y aquí estamos nosotros.

–¿Vosotros? –quedó perplejo el Archivero Mayor–. ¿Cómo vais a liberar sólo vosotros tres a...?

–¿Nos ayudarás? –le interrumpió Hércules.

El anciano estaba muy consternado. Miró los archivos, los cuentos, el orden mantenido durante años por él mismo. Movió la cabeza de forma horizontal, negando, pero su propia razón le decía que los tres intrusos no mentían.

–Irme... de aquí –musitó–. ¡No puedo creerlo!

¡Qué catástrofe!

–Queda muy poco tiempo –apremió Peter Pan.

El Archivero Mayor había envejecido un millón de años en unos pocos segundos. Caminó con la espalda doblada pero sin dejar de mirar a su alrededor. Finalmente la idea se instaló en su mente y entonces, con lágrimas en los ojos, les dijo:

–De acuerdo, os ayudaré. Pero con una condición.

–¿Cuál?

–Yo me quedo aquí.

–¡Esto es una locura! ¿No comprendes que si te quedas... morirás?

El hombre sonrió con tristeza. Un único diente asomó por entre los cabellos de sus bigotes y su barba.

–Mirad –dijo pesaroso pero firme–, yo ya estaba aquí cuando el primer cuento de esta Imaginación fue archivado, así que... esta es mi casa, y éste, mi mundo. Yo ni siquiera soy un personaje creado por el escritor. Yo soy... ¿cómo llamarlo?, un accidente, sí, ¡un accidente! Era un simple pensamiento que pasaba por aquí y que fue aprovechado para esto. Ahora me gusta, no conozco otra cosa, mi vida ha sido maravillosa, pero no tengo nada que hacer fuera de aquí. Nada. Sería un extraño en el Mundo de la Fantasía. Por otra parte, lo mismo que un capitán nunca abandona su barco, yo prefiero quedarme por si acaso. Imaginaos que Milo decide volver a escribir. ¿Qué haría sin mí? Su cabeza sería un descontrol, un caos. Alguien ha de poner orden, y ese soy yo.

—¡Puedes ser escrito y perdurar! —dijo Bella.

—No seas ilusa. Soy un pensamiento pequeñito y nada importante. Aquí, cumpliendo un cometido, me he realizado. Fuera de esto no sería nada. Prefiero secarme con la Imaginación que vivir sin una meta ni un destino. Así que... no perdáis más tiempo por mí. He tomado una decisión. ¡Vamos!, ¿a qué esperáis? ¡Cumplid con vuestra misión!

Nada iba a hacerle cambiar de idea. Lo comprendieron.

El Archivero Mayor empezó a llamar a todos los cuentos.

—¡Bajad todos! ¡Vamos, pronto, reunión! ¡Esto no es un simulacro, es algo urgente, daos prisa!

Los cuentos bajaron de sus estanterías, ordenadamente. Los había de todos los colores y tamaños, de todos los estilos y formas, de los temas más inverosímiles, cuentos felices, cuentos alegres, cuentos tristes, cuentos de perros y gatos, de hadas y brujas, de monstruos y caballeros andantes, de princesas y héroes, de árboles, mariposas, niños, niñas...

–¡Alucinante! –exclamó Hércules.

Todos se agruparon en torno al Archivero Mayor.

–¡Vais a marcharos de aquí! –les anunció–. Iréis al Mundo de la Fantasía, donde tendréis una nueva vida. Allí seréis eternos.

–¿Y si le damos un golpe en la cabeza y nos lo llevamos? –propuso Hércules refiriéndose al anciano.

–No, contra su voluntad no –objetó Bella–. Tiene derecho a escoger por sí mismo.

Los cuentos avanzaban ya hacia la puerta. El Enano Infiltrado les hizo una seña para que lo siguieran. Bella, Peter Pan y Hércules aguardaron para despedirse del Archivero Mayor.

Pero cuando el último de los cuentos salió de allí, el anciano ya no estaba a la vista.

Así que, sin decir nada, salieron para iniciar la gran escapada.

14. Problemas burocráticos

Se pusieron al frente de la expedición junto a Pericoy. Ya no eran cuatro, sino una multitud. Menos mal que los cuentos iban muy juntos. Aún así...

–¿Y ahora? –preguntó Peter Pan.

El Enano Infiltrado señaló hacia arriba.

–Al primer piso del Centro de Operaciones, siguiendo las rayas verde y azul.

–¿Qué hay allí?

–La línea verde conduce a la Oficina de Contabilidad de Cuentos, y la azul al Registro de Argumentos. Son dos secciones eminentemente burocráticas, pero hay allí personal al que he de conduciros, y también el papeleo, los libros. Mejor llevárnoslo todo.

Bella miró los cuentos que esperaban en silencio.

–¿No podemos dejarlos aquí abajo y recogerlos después?

Pericoy hizo un gesto de desconfianza.

–Mejor que no. Son buenos cuentos, pero los hay que aún son jóvenes y alborotadores. Mejor no perderlos de vista.

–Entonces... ¡arriba!

Siguieron la línea verde y la azul, que corrían paralelas en sentido ascendente. Poco a poco los cuentos empezaron a cuchichear entre sí, excitados por la aventura, aunque también asustados por ella y por verse fuera de su casa. Pronto vieron por una ventana la altura a la que se encontraban. La Imaginación de Milo Zederiak, desde lo alto, era muy hermosa. Ya en el primer piso, encontraron dos puertas contiguas. La línea verde conducía a la señalizada con el rótulo Oficina de Contabilidad de Cuentos; y la línea azul, a la marcada como Registro de Argumentos.

–Yo puedo hacer mi parte en el Registro –dijo Pericoy–. Vosotros entrad en la Oficina de Contabilidad. Prefiero que os enfrentéis los tres al Jefe de Personal. Es un poco... irascible.

Bella empujó la puerta que les correspondía y el Enano Infiltrado hizo lo mismo con la suya, no sin antes decirles a los cuentos que no se movieran. Por si acaso, la dejó abierta para vigilarles.

Nada más asomar sus tres cabezas por la Oficina de Contabilidad de Cuentos, Bella, Peter Pan y Hércules escucharon una voz gruesa advirtiéndoles:

–¡No es hora de oficina! ¡Vuelvan más tarde! ¿Dónde creen que están? ¡Vamos, vamos, un poco de orden!

Era el Jefe de Personal.

Al contrario del Archivero Mayor, el nuevo personaje era totalmente calvo, pero sus espesas cejas le conferían un aspecto feroz. Era alto, recio y fornido y lo vieron volcado sobre un enorme libro mientras un enjambre de ayudantes iba aportándole datos, cifras y otros detalles.

Al ver que los tres intrusos no se iban, levantó la cabeza y les miró desde sus gafas de enormes cristales.

–¿Quiénes sois vosotros? –frunció el ceño.

Bella se lo explicó, una vez más, con las mejores palabras. Temía una reacción parecida a la del Archivero Mayor, pero fue todo lo contrario. El Jefe de Personal se puso blanco, pálido de miedo.

–Oh... oh... –tartamudeó–. ¡Cáspita! Eso es... grave... Oh... ¿Tendremos tiempo de...?

Los ayudantes se habían agrupado a su alrededor. Parecían clónicos. Todos iguales.

–Coged lo más importante –les ordenó Peter Pan–. Hemos de irnos enseguida.

No perdieron tiempo. Yendo de un lado a otro, tropezando a veces entre sí, los empleados de la Oficina de Contabilidad reunieron lo imprescindible en menos de un minuto. El Jefe de Personal seguía muy pálido y casi bloqueado, repitiendo de vez en cuando su ya característico «¡Cáspita!».

–Esos burócratas... –se burló Hércules.

–Cada cual tiene su misión, hombre –objetó Bella–. No todo van a ser héroes en la vida.

–¡Listos! –gritaron a una los empleados de la oficina.

Salieron y se encontraron con los cuentos.

–¡Cáspita!

Pericoy aún no había salido del Registro de Argumentos. Miraron hacia la puerta y le vieron, al otro lado, discutiendo con un empleado más. Le habían puesto un número en la frente.

–Pues no, no lo encuentro –decía el empleado–. ¿Qué argumento es este de la evacuación del Centro?

–¡No es un argumento! –gritaba el Enano Infiltrado–. ¡Gansos! ¡Mentecatos! ¡Pandilla de inútiles! ¡Os estoy diciendo que esto es de verdad y hay que...!

Bella, Peter Pan y Hércules entraron en el Registro.

–¡Valiente ayuda! –dijo Hércules.

15. El Departamento de Ideas

Bastaron unas pocas explicaciones, y la persuasión de Bella, para convencer a los empleados del Registro. También ellos recogieron lo más importante y se sumaron a la comitiva. Pericoy trataba de borrar el número que le habían estampillado en la frente, muy enfadado.

–¡Tomarme por un simple argumento, a mí!

Siguieron ahora la línea roja del suelo. Sin embargo, al llegar a un pequeño distribuidor, se encontraron con que el pasadizo por el cual transcurría la línea roja estaba cerrado. Pericoy, olvidándose de su enfado, no supo qué hacer.

–Esto es un problema –murmuró–. Tendremos que ir primero a por las Ideas y, desde allí, alcanzar el Almacén de Personajes. Lo malo es que este pasadizo puede estar cerrado por una simple reforma interior... o haberse empezado a desmoronar a causa de la inactividad de estos días. Y si fuese así...

–¿Quedaría bloqueado el Almacén de Personajes? –se asustó Peter Pan.

–Sí, aunque siendo tantos creo que lograríamos abrirnos paso –repuso Pericoy.

–Vayamos al Departamento de Ideas y luego ya veremos –dijo Bella.

Buscaron la línea blanca y, cuando la encontraron, reemprendieron la marcha a buen paso. Nadie se quejaba, y los cuentos mayores ayudaban a los cuentos pequeños. De hecho, quedaban las dos secciones principales del Centro de Operaciones: las Ideas y los Personajes, aquello por lo cual el Mundo de la Fantasía había pedido ayuda. Si todo seguía saliendo bien, en muy poco rato podían estar fuera de la Imaginación, pensando ya en el mejor modo de escapar de allí. Bella ya estaba madurando un plan.

–Si no puede ayudarnos el Sueño Viajero, tal vez debamos salir por la nariz, o por la oreja del escritor –comentó a sus dos compañeros de expedición.

–Huy, eso resultaría muy complicado, ¿no? –dudó Hércules.

–Pues ya me diréis. No hay muchas alternativas más. Por la boca es imposible, ya que puede tenerla

cerrada, sin olvidar que podríamos naufragar en un mar de saliva. En cambio la nariz o las orejas...

–¿Y si está constipado? –preguntó Peter Pan.

–¿Y si la oreja escogida resulta que la tiene obstruida por la almohada al dormir de ese lado? –hizo lo mismo Hércules.

–Además, la nariz, aunque esté despejada, lleva aire continuamente en una y otra dirección. Será como pretender avanzar por un pasadizo infernal –continuó Peter Pan.

–Y por una oreja, ¿cómo vamos a mantener en silencio a tanta gente? Lo despertaríamos.

–¡De acuerdo! ¡Está bien! –se enfadó Bella–. ¡Espero que se os ocurra algo a vosotros, listillos!

Callaron los tres y se concentraron en la marcha. El lugar al que iban, desde luego, estaba celosamente oculto. Daban vueltas y más vueltas por un dédalo de pasillos. Era evidente que siendo las ideas la base de todo, se las protegía a conciencia.

Llegaron a una puerta de gruesos barrotes de hierro, cerrada con llave. No había ni rastro del celador, así que le tocó a Hércules emplearse a fondo. Para él fue coser y cantar. La abrió disfrutando de poder, al fin, lucir sus músculos. No le dejaron que presumiera mucho de ello y siguieron. Luego encontraron dos puertas más, y Hércules repitió su acción. Finalmente el Departamento de Ideas apareció ante ellos.

–¿Quién cuida de esto? –preguntaron a Pericoy.

–Dos encargadas. Una está en la entrada de la puerta verde, la de las Ideas Alegres, y otra en la entrada de la puerta roja, la de las Ideas Tristes. Yo no las conozco, pero he oído decir que son un poco raras.

No pudo decir mucho más. Abrieron la última puerta y se encontraron en un vestíbulo con las dos siguientes puertas, la verde y la roja. Dos mujeres se encontraban apoyadas en cada una de ellas, hablando y hablando sin parar, a la vez, sin casi oírse la una a la otra. Por si esto fuera poco, de la puerta verde salían risas continuas, y de la roja, por el contrario, lo que se escuchaba eran lamentos y suspiros de pesar. En medio de tanto caos ni siquiera escucharon la potente voz de Hércules cuando este gritó:

–¡Hola!

Las dos encargadas hablaban y hablaban sin darse cuenta de nada, ajenas a lo que les rodeaba.

16. Lisandra y Casandra

Hércules probó varias veces, sin éxito, llamar la atención de las dos mujeres. No parecían tener ni siquiera una edad. Su parloteo era incesante. Bella acabó cerrando la puerta verde; y Peter Pan, la roja. Entonces Hércules volvió a gritar:

–¡Silencio!

Tembló todo el Centro de Operaciones.

Las dos mujeres, ahora sí, callaron. Entonces una mostró una sonrisa abierta y la otra puso cara de triste, de funeral. Se dirigieron al héroe dispuestas a cumplir con su trabajo y volvieron a dispararse en cuanto se detuvieron ante él.

Como ametralladoras.

–¿Vienes a por una Idea? ¿Cómo la quieres?

–Si es triste, tengo el mejor surtido. Precisamente

hay una de una niña que se pierde y... ¡Oooh, es tristísima! ¡Todos los niños llorarán tan a gusto!

–No, tú no tienes aspecto de querer una Idea Triste, sino una Idea Alegre. ¿Qué te parece la del conejo saltarín? ¿O quizás la de la lombriz corta? ¡Seguro que sí!

–Será mejor que te lleves la de la ciudad pobre, que hace sufrir mucho porque se trata de una ciudad tan pobre que no tiene parques, ni sol, ni siquiera...

–¡Ah, no, nada de eso! Mejor te llevas la del planeta audaz, que estaba antes. Es un planeta que sale de su constelación en busca de aventuras y llega a un sistema frío en el que...

–¡Qué bobada! No hagas caso a esta loca de Lisandra.

–¡Qué tontería! Pasa de esta tonta de Casandra.

Bella, Peter Pan y por supuesto Hércules, al que las dos se dirigían, no sabían qué decir ni cómo detener aquella avalancha de parloteo. Lisandra y Casandra eran terribles. Menos mal que, en esta ocasión, Pericoy sí supo qué hacer.

–¿Tenéis una idea tonta? –logró meter baza.

Las dos encargadas callaron y miraron al gnomo consternadas.

–¿Una idea tonta? Pero qué idea... más tonta –repitieron a dúo.

–¿Verdad que sí? –sonrió de oreja a oreja Pericoy.

Y entonces, Bella pudo contar lo que sucedía, pillando a Lisandra y Casandra calladas. Cuando terminó, las dos encargadas también temblaban asustadas. Al sacar la cabeza por la puerta principal y ver la comitiva que seguía a los de delante, casi se desmayaron. Casandra se puso a gimotear, pero como eso era lo que hacía siempre, nadie supo si lo hacía por costumbre o si era por sufrir mucho más que nunca en esta ocasión. Lisandra, en cambio, logró volver a sonreír.

–Si no hay más remedio –suspiró con ánimo.

–¡Claro, claro, vamos! –lloró Casandra.

La primera hizo salir a las Ideas Alegres. Abandonaron el lugar en caótico tropel, como una manada de niños y niñas felices, riendo. La segunda hizo lo mismo con las Ideas Tristes. Cuando se juntaron con las Alegres fue una curiosa mezcla.

–Orden, ¡orden! –trataba de imponerse Hércules.

–Oídme –dijo Bella–. Sabéis que no hay nada peor que una buena idea desaprovechada. Así que de vosotras depende que sirváis para algo o no. Si logramos salir de aquí, seréis felices en el Mundo de la Fantasía, y tendréis una oportunidad. Si por el contrario no actuamos con tacto y no nos ayudamos, nos quedaremos aquí encerrados para siempre y no serviréis para nada. ¿Qué me decís?

Las Ideas, se quedaron con la boca abierta.

–¿Guardaréis silencio y haréis lo que se os indique?

Dijeron que sí con la cabeza.

–Pues en marcha –gritó Hércules–. Aún hemos de liberar a los Personajes.

La columna, cada vez más numerosa, se puso en marcha. Eran como un río extravagante deambulando por un mundo fascinante.

Bella, Peter Pan y Hércules temían que alguien se perdiera. Pero ante la gravedad de la situación, todos colaboraban. Las que cerraban ahora la marcha, vigilando pese a su cháchara incesante, eran Lisandra y Casandra.

Sólo quedaba el Almacén de Personajes.

Siguieron la línea roja.

El silencio empezó a ser opresivo, extraño.

–Tengo un mal presentimiento –dijo Bella al cabo de un rato.

–Y yo –reconoció Peter Pan.

–No os preocupéis –cerró los puños Hércules.

De pronto, en un recodo del camino...

Se detuvieron de golpe, pero también lo hizo el ejército de seres, a cual más increíble, con el que se tropezaron. Y eran muchos, muchísimos, tan extraordinarios algunos que...

Pese a todo, Hércules se dispuso a luchar como un valiente.

Nadie hablaba.

17. La rebelión de los Personajes Perversos

Fue Pericoy el que evitó el combate, poniéndose en medio de los dos grupos.

–¡Espera! –detuvo a Hércules–. ¡Son los Héroes!

–¿Los Héroes?

Un gallardo Atleta, tocado con una corona de laurel, dio un paso al frente. Detrás de él vieron a una Astronauta Galáctica, a un Corsario Bueno, a un Jugador de Fútbol Campeón, a un Aventurero, a una Investigadora, a...

–Sí, somos los Héroes de la Sección de Héroes –indicó el Atleta–. Venimos del Almacén de Personajes en vuestra busca. Temíamos no encontraros.

–¿Cómo sabéis que veníamos a por vosotros? –se extrañó Bella.

–El anciano Archivero Mayor vino a vernos, para

ganar tiempo. Él nos contó lo que sucedía.

–Entonces perfecto –se dispuso a reemprender el camino Peter Pan–. ¡Vámonos ya!

–Aguardad –los detuvo el Atleta–. Hay un problema.

–¿Problema, qué problema? –preguntó Hércules.

–Los Personajes Perversos, que están aparte, en una sección contigua a la nuestra, oyeron las palabras del Archivero Mayor muy atentamente y decidieron quedarse. Han bloqueado la entrada de la sección y dicen que resistirán cualquier ataque. No queríamos pelearnos con ellos y les hemos dejado.

–¡Pero no podemos dejarles! –manifestó Bella–. ¡Debemos salir todos!

–¿Por qué quieren quedarse? –inquirió Peter Pan.

–Porque los Personajes Perversos son los malos de todos los cuentos, aquellos a los que los niños aborrecen y los que, al final, siempre pierden. En el fondo ellos no tienen la culpa de haber sido creados perversos, pero lo son, y no pueden actuar de otra manera. Piensan que si salen de la Imaginación del escritor y van al Mundo de la Fantasía, todo será lo mismo, y que los utilizarán. Aquí, de momento, aún no forman parte de ningún cuento, y han decidido quedarse y que nadie sepa de ellos.

–¡Aquí morirán! –exclamó Bella.

–Prefieren morir con honor, de incógnito. Hemos intentado convencerles pero sin éxito. ¿Cómo nos iban a hacer caso a nosotros, que siempre les ganamos?

–¿Qué hacemos? –vaciló Hércules.

–¿Qué importan unos pocos? –dijo Pericoy–. Lo importante siempre es salvar a la mayoría. Si han decidido quedarse...

–No podemos irnos sin ellos –insistió Bella–. Nos pidieron sacarlos a todos de aquí, y todos son todos. No podemos dejar a los Personajes Perversos por muy malvados que sean. Su lugar está en el Mundo de la Fantasía. Imaginaos que Milo Zederiak decide volver a escribir y en su mente sólo tiene Personajes Perversos.

–¡Huy, menudas historias contaría! –se estremeció Peter Pan.

–¡Vamos a volver a por ellos! –golpeó la palma de su mano izquierda con el puño cerrado de la derecha Hércules.

–¿Y cómo los sacaremos de allí? –preguntó el Atleta.

–¿No sois Héroes? –dijo Bella–. Cada uno de vosotros tiene ahí dentro un Personaje Perverso que le pertenece. Que cada cual se ocupe de vencer al suyo y en paz. Sin hacerles daño, claro.

–Puede ser divertido –dijo el Atleta. Y mirando

detrás suyo preguntó–: ¿vosotros qué decís?

–¡A por ellos! –gritaron los demás.

Con los Héroes al frente de la expedición, y los cuatro líderes por delante, todos reemprendieron el camino de regreso a la Sección de la que habían salido. Antes de llegar a donde se habían encerrado los Personajes Perversos empezaron a encontrarse con barricadas. Las superaron y llegaron al último baluarte defensivo. Era una especie de empalizada de madera, a modo de fuerte. Algunas cabezas se asomaban por la parte de arriba.

–¡Marchaos! –gritaron los encerrados.

–¡Somos terribles! ¡Brrr...!

–¡No queremos haceros daño!

Los Héroes sonrieron.

–¿Preparados? –tomó el mando Hércules.

–Te seguimos –asintió el Atleta.

–Pues ya sabéis qué hacer. Que cada uno escoja a un Personaje Perverso, se cuide de sus triquiñuelas, le venza lo más rápido posible, lo ate y... ¡Cuanto antes salgamos, mejor! ¡Al ataque!

Se lanzaron a la carga.

Los Personajes Perversos, primero fuertes y seguros, perdieron pronto la serenidad. Estaban hechos para perder y lo sabían. Además, Hércules era el héroe de los Héroes. Nadie pudo detenerle. Y por si alguien quería huir, el resto de la comitiva se encargó de formar una bolsa impenetrable. Poco a poco, cada Héroe fue dominando a un Perverso. Los gritos llenaban toda la Imaginación de Milo Zederiak, pero acabaron menguando rápidamente. El Atleta regresó con un Atleta Tramposo bajo el brazo. La Astronauta, con un Marciano Verde. Y así todos.

En cinco minutos, los Personajes Perversos habían perdido la batalla.

No pudieron celebrar la victoria.

De repente, algo parecido a un terremoto les hizo trastabillar.

–¡La Imaginación de Milo! –gritó Pericoy–. ¡Se siente vacía! ¡Ya no queda nada en su sitio!

–¡Puede que esté a punto de despertar! –exclamó Peter Pan.

–¡Hay que irse cuanto antes! –gritó Hércules.

–¡Seguidme! –echó a correr Bella, con Pericoy guiándola a su lado.

18. Escapada a través del cerebro

Abandonaron el Centro de Operaciones a la carrera. Todos estaban mezclados, Héroes con cuentos, Ideas Alegres con empleados, Ideas Tristes con... Ahora todo dependía de ellos.

Cuando llegaron a la puerta de agua, Pericoy los detuvo adelantándose un poco.

–¡Esperad!

–¿Qué sucede? –quiso saber Bella.

El Enano Infiltrado metió la cabeza por la puerta de agua. Cuando retrocedió, en su rostro había una expresión de rabioso abatimiento.

–No podemos salir –dijo–. Están ahí afuera, esperándonos.

–¿Quién nos espera si ya no queda nadie? –se desesperó Peter Pan.

–¿Te has olvidado de las Malas Ideas?

–Ah, bueno –dijo Hércules recuperando su sonrisa–. Ellas no eran más que dos, y nosotros somos un ejército, y con los mejores Héroes.

–No es eso –lo detuvo por segunda vez Pericoy–. Ahí afuera hay más de cien Malas Ideas. De alguna forma saben que algo raro está sucediendo y nos están esperando. No podemos arriesgarnos a luchar contra ellas. Aunque las ganásemos, lo cual no es tan fácil, ellas no son como los Personajes Perversos, que siempre pierden. Las Malas Ideas son crueles, podrían hacernos mucho daño. En una lucha abierta tal vez perdiéramos a bastantes de los que estamos aquí. No somos más que un puñado de cuentos felices, Ideas, Héroes.. Hemos sido concebidos para alegrar la vida de los niños, pero esto es demasiado.

Todos los integrantes de la columna asintieron con la cabeza, hasta los valientes Héroes.

–¿Cómo es posible que haya tantas Malas Ideas en la mente de Milo? –se extrañó Bella.

–La muerte de su esposa le ha trastocado –comprendió Peter Pan–. Lo cierto es que están ahí, y Pericoy tiene razón. Sería un riesgo enorme.

–Pero no podemos quedarnos aquí –insistió Hércules–. ¡Habrá que luchar!

Un nuevo movimiento del cuerpo o el cerebro de

Milo Zederiak los hizo perder el equilibrio momentáneamente.

Bella miró los cuentos.

Había tantos...

Uno de aviones, uno de naves interplanetarias, uno de brujas...

Aviones, naves interplanetarias...

¡Naves!

La heroína se quedó sin respiración.

Allí dentro, todo era posible.

¡Todo!

Incluso la idea más fantástica, porque para algo estaban en la Imaginación de un escritor.

–¿Cuántos cohetes y naves galácticas tienes en tu cuento? –le preguntó.

El cuento miró dentro de sí mismo.

–Un montón –dijo–. Toda una flota espacial.

La sonrisa de Bella fue de oreja a oreja.

–¡Volvamos al Centro de Operaciones! ¡Tengo una idea!

A Peter Pan y a Hércules les bastó con verle la cara. Sabían que su compañera era muy ingeniosa, frente a la agilidad del primero o la fuerza del segundo.

–¡Meteos en los cuentos que tengan transportes, rápido! –ordenó Bella.

En un abrir y cerrar de ojos, los cuentos en cuyo interior había caballos, bicicletas, autobuses, patinetes, *skate boards*, trenes, globos o cualquier tipo de transporte, se vieron invadidos por los personajes que obedecieron la orden de Bella. ¿Cómo no lo habían pensado antes? ¡Aquello era una maravilla! El viaje de regreso al Centro de Operaciones fue relampagueante. Y de camino, comprendieron lo que pretendía hacer la muchacha:

Escapar por la parte superior de la montaña aprovechando el cuento de las naves interplanetarias.

¡Meterse en ellas y volar por la Imaginación de Milo Zederiak hacia la salvación exterior!

–¡Genial! –cantó Hércules.

–¡Muy bien, Bella! –la animó Peter Pan.

–¡Fantástico! –la aplaudieron los Personajes, las Ideas, los cuentos y todo el personal rescatado.

Era hora de marcharse de allí, antes de que el escritor despertara de su sueño nocturno.

19. La mujer perdida en el Rincón de los Recuerdos

Dejaron el valle y salieron volando por la cumbre de la montaña. La Imaginación pronto fue un punto perdido en la distancia, y también las Malas Ideas de todos los colores que se quedaron con un palmo de narices –o lo que tuvieran–, al verles huir. La flota espacial iba a rebosar, no quedaba un hueco. El cuento se sentía la mar de orgulloso de que gracias a él estuviesen viajando rumbo a la libertad. Sin embargo, todavía faltaba, quizás, lo peor: orientarse por aquel mundo desconocido e infinito. Y no sabían todavía por donde salir.

–¿Qué nos sucederá cuando salgamos de Milo? –preguntó Pericoy.

–Ahora somos parte de un sueño, y aunque tengamos energía... supongo que cuando abra los ojos nosotros volveremos a nuestro tamaño natural y a nuestra presencia real dentro del Universo. Por eso quedarnos aquí atrapados sería fatal. Cuando estemos fuera...

–¿Y los liberados? –siguió Pericoy.

–Lo mismo. Ahora ya no pertenecen a la Imaginación del escritor, sino a sí mismos. Adquirirán forma, volumen, tamaño, como personas reales o libros, y volverán a ser energía cuando lleguemos al Mundo de la Fantasía. Es como pasar una serie de cambios o mutaciones a medida que vamos cambiando de entorno y de medio.

–¡Cuidado!

Peter Pan, que era el que conducía la nave insignia en la que iban ellos debido a que sabiendo volar era el más indicado, esquivó una columna recién aparecida allí en medio de ninguna parte. Volaban por túneles, cuevas, sorteando toda clase de altibajos, montañas carnosas, circunvoluciones y un largo etcétera. De pronto, al salir de una curva, se encontraron sobrevolando una enorme extensión cerebral diferente a las demás. Allí había de todo, casas, ciudades, personas, objetos...

–¿Qué es eso? –se preguntó Hércules.

–No os preocupéis –oyeron decir al Atleta–. Lo que veis no existe salvo en la mente del escritor. Inclu-

so podéis pasar por en medio de todo sin problema.

–¿Cómo que por en medio? –se alarmó Bella.

Peter Pan le entendió.

Enfiló su nave hacia una casa, y ante el pánico general...la atravesó sin problema, como si no fuera real. Igual que si fuese un holograma o una forma impresa en el aire.

–¿Me equivoco o esto es más o menos lo que ha formado parte de la vida de Milo Zederiak? –sonrió el piloto de la nave.

–Estamos en la Memoria, en efecto –refirió el Atleta–. Ahí guarda él su pasado, sus cosas.

La Memoria era un lugar inmenso, y estaba repleto de cosas amontonadas sin aparente orden. No tardaron en dejar atrás el lugar donde había más recuerdos y continuaron sobrevolando lo que ahora parecía un desierto rojizo.

–¿Qué habrá pasado ahí abajo? –preguntó Bella.

Esta vez no obtuvo respuesta. Era un misterio. Un misterio más de los muchos que podía albergar un cerebro humano, tan complejo. Lo único esencial era dar con una salida. Así que se olvidaron del suelo para mirar hacia adelante.

Y entonces.

–¡Eh, ahí abajo hay alguien! –gritó el Enano Infiltrado.

–¡Vaya, tienes buena vista! –acertó a decir Peter Pan.

Porque, en efecto, tras un poco de esfuerzo ocular, abajo, a la izquierda de la nave, vieron a una persona, alguien solitario y perdido que se movía sin rumbo por aquella extensión de cerebro tan peculiar y vacía.

–¿Quién puede ser? –se extrañó Pericoy.

–Bueno, si tú saliste para buscarnos, puede que sea alguien que esté haciendo lo mismo.

–Vamos a bajar –dijo Peter Pan.

Avisaron por radio a la flota, y la nave en la que iban ellos inició el descenso a toda velocidad. Ya más cerca de la persona solitaria, vieron que era una mujer, ya mayor, que caminaba con la mirada inexpresiva y el semblante muy triste. Ella se quedó un poco desconcertada al verles aparecer.

La nave se posó a su lado y abrieron la escotilla.

–¡Vamos, rápido, suba, señora!

La mujer no reaccionó de inmediato.

–¡Por favor, no hay tiempo!

–¿Quiénes sois? –quiso saber.

–¡Ya se lo explicaremos cuando podamos! ¡Ahora hay que salir de aquí!

Como ella seguía inmóvil, mirándoles sin saber qué hacer, Hércules bajó, la tomó en brazos y la metió dentro. Al instante la nave se alzó de nuevo.

–Pero, bueno, señora, ¿qué hacía ahí abajo? –se enfadó el Héroe.

–Yo nada –dijo ella–. Sólo paseaba. En cambio vosotros... –miró a los ocupantes, y luego, por la ventanilla, observó la flota que huía a través del cerebro de Milo Zederiak–. ¿Adónde vais?

–Intentamos escapar, salir de este lugar –respondió Bella.

–¿Por qué?

–Es largo de contar, señora –dijo Hércules.

–Y ni siquiera sabemos el camino, así que... ¡Callaos y dejadme concentrar! –pidió Peter Pan.

–¿El camino a dónde? –insistió ella.

–¡A donde sea! ¡A la oreja, a la nariz...!

–La nariz está por ahí, a la derecha –señaló la mujer–. Hay un agujero en el suelo y conduce directamente a ella.

Peter Pan miró a Bella y a Hércules. No quedaba otra opción.

–¡A la nariz! –guió la nave el niño dando un golpe de timón–. ¡Sujetaos!

Toda la flota varió el rumbo. Ya no quedaban muchas opciones.

–Señora, ¿está segura de que a la nariz se va por aquí?

–Sí, seguro. Ahora decidme vosotros por qué escapáis de aquí.

–Para salvarnos –quiso tranquilizarla Bella.

–¿Salvaros? ¿De qué? Este es un lugar muy tranquilo –suspiró la mujer.

–Eso sería antes. Ahora corremos peligro.

–Peligro, aquí –musitó la mujer para sí misma–. Es extraño –y sus ojos se envolvieron en una súbita tristeza antes de volver a suspirar y decir–: Claro que en tan sólo unos días todo ha cambiado tanto.

–¿A qué se refiere? –le acarició la cabeza Bella.

–Cuando llegué al sitio del cual me habéis sacado, no estaba desierto, sino lleno de cosas hermosas y seres maravillosos, ¡tan vivos! Y sin embargo fueron desapareciendo, hasta quedar sólo yo.

Se miraron entre sí.

Y no tuvieron que decir en voz alta lo que comprendieron con todo el dolor.

Aquel lugar era el Recuerdo de Milo Zederiak.

Se estaba quedando sin ellos, dominado por el dolor, rindiéndose cada vez más.

20. Los instantes finales

−¡**Mirad**! −gritó Peter Pan.

Llevaban un rato en silencio, nerviosos, así que la voz del niño los alarmó a todos. Se agolparon en las ventanillas y contemplaron, con horror, la súbita actividad de cuanto les rodeaba.

Ya no estaban en el cerebro, pero daba lo mismo. Volvía la vida por todas partes.

Las horas de sueño habían pasado y Milo estaba a punto de despertar.

Se hizo un primer atisbo de claridad.

Amanecía.

−¡Dale duro, Peter! −apremió Hércules−. ¡No puede faltar mucho!

Descendían por un largo conducto. Estaban tan cerca que la palabra fracaso les hizo daño. La claridad aumentó. Tal vez Milo Zederiak estuviese a punto de abrir los ojos. Tal vez el cerebro entrase en actividad antes de ese momento. ¿Cómo saberlo? Aquello era lo más increíble y fantástico que jamás hubiesen hecho.

–¡Los sensores indican fuertes corrientes de aire ahí enfrente! –anunció Peter Pan.

–¡Las fosas nasales! –saltó Bella–. ¡Ya estamos cerca!

–¡Preparaos para las turbulencias! –anunció el piloto.

–Desde luego, no está constipado –quiso bromear Hércules.

Todos se sujetaron, y avisaron a las demás naves. Contaron hacia atrás y de pronto...

¡ZUUUM! ¡ZUUUM! ¡ZUUUM!

Fue como quedar atrapados en un tubo por el cual fluyera un huracán incesante, pero en ambas direcciones. Primero hacia arriba, después hacia abajo, luego otra vez hacia arriba, y luego otra vez hacia abajo. Estaba claro que ya se encontraban en la nariz de Milo. Cuando respiraba, el aire les frenaba. Cuando lo expulsaba, salían impelidos hacia adelante al juntarse las dos velocidades. Menos mal que la espiración era más fuerte que la inspiración.

–¡Así, ten cuidado, Peter!

El niño tenía los mandos firmemente sujetos, sobre todo al sumarse la espiración con la velocidad de la nave. No sabían qué sucedería si chocaban contra una de las paredes laterales. Ahora ya no estaban en la Imaginación, y estando tan cerca se hacían más reales. Ya no eran ideas, cuentos o personajes, sino entes reales.

Nadie hablaba. Todos estaban expectantes.

¡ZUUUM! ¡ZUUUM! ¡ZUUUM!

Bella se dio cuenta de que la mujer rescatada en el Rincón de los Recuerdos estaba llorando.

—No pasará nada, no se preocupe —la consoló—. Pronto estaremos fuera.

—Es que yo no quiero irme —dijo la señora.

Bella creyó que estaba enferma, o que le pasaba lo mismo que al Archivero Mayor.

—Cálmese.

—¿Por qué me habéis llevado con vosotros? —bajó la cabeza volviendo a llorar la mujer.

Bella tuvo que dejar de hablarle. Los golpes a causa de las corrientes de aire eran cada vez más fuertes.

¡ZUUUM! ¡ZUUUM! ¡ZUUUM!

A lo lejos vieron una luz.

—¡Estamos llegando!

—¡Ya salimos!

La actividad era mayor. Algo se movió y dieron

varias vueltas sobre la nave. Milo Zederiak se había puesto boca arriba, o boca abajo, pero desde luego se había movido en la cama. La luz se aproximaba.

–¡Cuidado con la salida! –avisó Peter Pan.

–¡Sí, no sabemos si vamos a caer al suelo, sobre una almohada, si nos materializaremos...! –evaluó las perspectivas Hércules.

Todos le miraron asustados.

–¡Tranquilos! –quiso bromear el Héroe mitológico–. ¡No pasará nada, seguro!

Pero se agarró con más fuerza que nadie.

¡ZUUUM! ¡ZUUUM! ¡ZUUUM!

–¡Hay filamentos!

–¡Son cabellos!

–¡No vayamos a quedar pegados a ellos!

Era el último escollo, la barrera final. La luz ya era enorme, y el hueco al que se dirigían, tan grande como la misma presencia del Equilibrio del Universo. Claro, ellos eran minúsculos, casi como motas de polvo.

Un nuevo movimiento, muy brusco y fuerte.

El agujero dejó de estar enfrente. De pronto quedó arriba.

¡Milo Zederiak acababa de despertar!

–¡No lo conseguiremos!

–¡Ya estamos fuera, ahora no podemos quedar

atrapados en el cerebro! ¡No puede pasarnos nada!

–¡Máxima velocidad!

Unas pocas espiraciones más y...

Y entonces sucedió algo que nadie esperaba.

Debió ser por el cosquilleo, por toda aquella flota cargada que le bajaba por la nariz, por la sensación... Daba lo mismo.

Milo Zederiak estornudó.

21. ¡Libres!

El estornudo del escritor fue tremendo.

Las naves, empujadas por la violencia de aquel vértigo, salieron despedidas, atropellándose unas a otras. En su interior, todos los liberados daban vueltas y más vueltas, yendo de un lado a otro.

–¡Ay!

–¡Huy!

–¡Oh!

Pero el daño era lo de menos. Lo habían conseguido. Estaban fuera del cerebro del escritor, y justo a tiempo. Sabían que ya no había vuelta atrás y lo más importante era que estaban vivos.

Fueron a parar al otro lado de la habitación. Cayeron sobre una butaca. Pero eso también era ya lo de menos, porque una vez libres, y con Milo despierto, sus energías se hicieron más fuertes.

Aumentaron el tamaño.

Los personajes se hicieron de verdad, seres reales. Las ideas flotaron y los cuentos se transformaron en páginas escritas o escenas de una película. Nadie se estrelló. Nadie se hizo daño. El lugar empezó a llenarse de seres y de libros o películas. Apretados unos con otros. Las Ideas Alegres, las Ideas Tristes, los Héroes (todavía sujetando a los Personajes Perversos), el Jefe de Personal de la Oficina de Contabilidad de Cuentos, sus empleados, los del Registro de Argumentos, los Archivos, Lisandra y Casandra...

Y mientras se hacían reales, llenando la habitación hasta que pronto empezó a no caber un alfiler, Bella, Peter Pan y Hércules miraron hacia Milo Zederiak.

Se encontraron con su propia mirada.

Estupefacta.

Alucinada.

Nadie había pensado que eso pudiera suceder, pero estaba sucediendo. El escritor tenía ante sus dilatados ojos todo lo que antes había estado en su mente. Y no era tonto.

Lo reconoció.

–El cuento de la pistola sin balas –empezó a hablar–. La historia del pergamino seco, la leyenda del mar sin olas, el cuento de la muchacha que vendió

su cabello de oro, el del planeta lejano. Y tú, el héroe de plástico, y el deportista leal, ¡y hasta el malvado rey de Absurdilandia! –se calló y, más y más perplejo, se preguntó en voz alta–. ¿Por qué?

Se pellizcó para ver si estaba dormido. Se hizo daño, así que comprendió que estaba despierto.

Bella, Peter Pan y Hércules salieron de entre aquella marea de personal. Antes de ponerse delante, para tomar la palabra, Milo Zederiak continuó hablando en voz alta.

Estaba comprendiendo.

–Os vais... sí, claro. Os marcháis, por mi culpa, por mi negativa a seguir escribiendo. Por supuesto, ¿de qué sirve todo lo que tiene en la Imaginación un escritor, si no lo emplea para nada? He sido un mezquino, un egoísta, y ahora me abandonáis. Es lógico. ¡Claro que lo es! ¡No os culpo por ello!

Todos los presentes miraban silenciosos a su creador.

Todos menos los tres enviados.

–El Mundo de la Fantasía los necesita –habló Bella.

Milo Zederiak contempló a los tres famosos personajes.

–A vosotros no os he creado yo –vaciló–. Es imposible.

–Nos envía el Equilibrio del Universo –dijo Peter Pan–. El Mundo de la Fantasía estaba preocupado por ti y por todo lo que ibas a encerrar en tu mente.

El anciano llenó sus ojos de humedad.

–¿Tan importantes son mis cuentos? –preguntó.

–Sí. Los niños necesitan fantasías, y cuentos, y personajes que les hagan soñar.

–Lo sé, lo sé –Milo temblaba–. Pero, ¿cómo hacer felices a los demás, si yo he perdido la felicidad? ¿Cómo pensar en ellos cuando yo ya no tengo en qué pensar?

–Pero tu dolor, por fuerte que sea, debería ser compensado por la felicidad que provocas con tus historias –le recordó Hércules–. Nunca fuiste egoísta.

–La echo tanto de menos –Milo Zederiak se miró las manos–. ¡No puedo vivir sin ella! ¡Mi esposa...! –levantó los ojos y parpadeó–. Vaya, si hasta me parece estar viéndola entre vosotros. ¡Tal es mi obsesión!

La mujer que habían encontrado en el Rincón de los Recuerdos salió por detrás de un par de Héroes.

Milo Zederiak volvió a parpadear.

–No es un sueño, Milo –dijo ella–. Soy yo realmente.

–¡Jazzir! –gritó el escritor.

Bella, Peter Pan y Hércules se quedaron mudos.

¡La esposa del escritor!

¡Por supuesto, el último de los recuerdos en el Rincón de los Recuerdos!

–Me parece que hemos metido la pata –le cuchicheó Peter Pan al oído de Hércules.

–Sí, nos hemos llevado lo único que no nos podíamos llevar –reconoció el forzudo.

Milo Zederiak y Jazzir, su mujer, se miraban llenos de ternura y amor.

–¿Tú también me abandonas? –le preguntó él.

–Yo no quería marcharme –reconoció ella–. Vagaba sin rumbo por tu memoria, perdida, pues en ella apenas queda ya nada. Todo ha ido desapareciendo en estos días. Entonces han aparecido ellos, me han hecho subir a una nave y... Yo no sabía que estaban intentando salir de tu mente. ¡No lo sabía! ¿Cómo puedes pensar que quisiera marcharme de tu recuerdo? Es todo cuanto te queda, amor mío.

Bella, Peter Pan y Hércules se miraron consternados. El escritor había vaciado los recuerdos de su mente para quedarse sólo con el de ella. Y ahora... se la habían llevado.

–Hemos cumplido la misión, pero le hemos hecho más daño todavía –reconoció Bella.

–¿Qué será ahora de ti, Jazzir? –preguntó Milo Zederiak–. ¿Adónde irás? Tú no eres un producto de mi fantasía, sino alguien real. ¡No puedes vagar como un alma perdida por la Eternidad!

–¿Y tú, qué harás sin mi recuerdo? ¿Cómo vivirás sabiendo que yo no estoy viva en tu interior?

Era una escena muy triste. Incluso el aire se llenó de sentimientos. Las lágrimas formaban un Arco Iris en torno a los dos protagonistas del inesperado reencuentro.

–Claro –dijo de pronto Milo–. Tú lo has dicho. He sido un tonto. Tú estabas viva dentro de mí, y eso debía haberme consolado. Viva en mi Recuerdo. Tenía tu imagen maravillosa en mi Memoria. Pero en medio de mi dolor, no me daba cuenta de que ese recuerdo podía consolarme y ayudarme a seguir vivo yo. Me he encerrado, egoístamente. Debí haber pensado en los demás, en tantos y tantos niños como los que se reúnen frente a mi puerta pidiéndome que siga escribiendo cuentos. Me rendí, y ahora es justo que pague este elevado precio.

–Señor... –quiso hablar Bella.

–No –lo evitó Milo Zederiak–. Vosotros habéis hecho lo que teníais que hacer. La culpa es mía y sólo mía. Yo no tengo ningún derecho a quedarme con cuanto albergaba mi Imaginación. Uno nace con una responsabilidad ante la vida. Apenas si tenemos nada, y no podemos desperdiciar aquello que se nos da. El buen pianista ha de tocar el piano y tratar de hacerlo lo mejor posible hasta el fin, y el buen albañil ha de construir casas con todo amor. Yo he querido renunciar sin tener derecho a hacerlo. Éste ha sido mi castigo, y lo merezco. Tenía que haber sabido que, pase lo que pase, siempre hay que seguir adelante. Siempre, siempre, siempre...

–Señor –repitió Bella–. Puede que no todo esté perdido.

Peter Pan y Hércules la miraron sorprendidos. Y también Pericoy y el resto de apretados rescatados.

–¿Qué quieres decir? –preguntó el escritor.

–Pues que tengo una idea que tal vez resulte –sonrió la muchacha.

22. De vuelta a la armonía

Milo Zederiak esperó. Los demás contuvieron la respiración.

–Por lo que está diciendo, parece que ha decidido volver a escribir, ¿no es así?

–He comprendido que tenía que haber seguido escribiendo –bajó la cabeza apesadumbrado–. Pero ahora... ya es demasiado tarde. Sin el recuerdo de Jazzir, ¿qué me queda? Ya no tengo nada. Ella me daba fuerzas en vida, y tenía que dármelas ahora que ha muerto. Es demasiado tarde.

–Tal vez, no lo sé –advirtió Bella.

–¿Cómo... dices?

–¿Si Jazzir volviera a su Recuerdo, poblando con ello de nuevo de luces su Memoria, volvería a escribir cuentos?

El escritor parpadeó con perplejidad.

–Por supuesto que lo haría, sí... ¡Sí!

–¿Cómo sería eso posible, si nos hemos llevado cuanto tenía en su Imaginación? –se extrañó Peter Pan.

–Ellos no pueden volver atrás –dijo Hércules.

–Yo partiría de cero, comenzaría otra vez, llenando mi Imaginación con nuevas ideas, nuevos personajes, y creando otra vez a los que ahora os marcháis. Sí, eso haría. Ahora sé que puedo. Pero... –abrió y cerró sus manos desesperado–, ¡esto es imposible! ¡Vosotros mismos lo habéis dicho! ¡Ellos no pueden regresar!

–Ellos no, pero Jazzir sí –dijo Bella–. Es un personaje real.

Todos se quedaron muy quietos.

Tan simple...

–Podrías... –musitó casi sin voz Milo Zederiak.

–No sólo es posible, sino que el Universo entero celebraría la más extraordinaria de las fiestas –aseguró Bella.

–¡Entonces hazlo! –se rindió el escritor–. ¡Hacedlo, os lo ruego! Devolvedla a mi Memoria, no me arrebatéis su recuerdo –se excitó más y más al hablar, como si una nueva furia y una nueva energía le sacudieran de arriba abajo. Ya no era la sombra humana que habían visto derrotada la noche anterior–. ¡Escribiré los mejores cuentos, los más hermosos, los más alegres y felices! ¡Haré que todos los niños vuelvan a reír! ¡Y jamás, jamás, volveré a olvidar lo que soy, aquello para lo que nací!

Bella, Peter Pan y Hércules se abrazaron.

–Un final feliz –reconoció el héroe mitológico.

–¡Es increíble! –cantó el niño volador.

–¡Hemos recuperado a Milo Zederiak! –los besó a ambos Bella.

–¿Cómo volverá Jazzir a mí? –preguntó el escritor.

En aquel instante, una forma rápida, llena de colores, apenas vislumbrada salvo por ellos, sobrevoló sus cabezas.

Era el Sueño Viajero.

–De la misma manera que entramos nosotros –señaló Bella.

Lo que sucedió a continuación fue extraordinario. Tan y tan extraordinario que... Bueno, es evidente que el Equilibrio del Universo, el Mundo de la Fantasía y todas las fuerzas sobrenaturales del Infinito se aliaron para conseguirlo.

De entrada, Milo lanzó un enorme bostezo.

Luego, los ojos se le cerraron sin que pudiera evitarlo.

Y por último, cayó sobre la cama en redondo, más dormido de lo que lo había estado jamás.

Entonces, el Sueño Viajero pasó por encima de Jazzir, la envolvió, la convirtió en parte de sí mismo, la «devoró» y tras ello... la mujer desapareció, dejando un millar de estrellitas chisporroteando en su lugar.

El Sueño Viajero también desapareció.

Y en ese instante, Milo Zederiak se agitó en la cama, se movió de un lado a otro, pareció a punto de volver a despertar hasta que... le vieron sonreír de nuevo.

Sonreír.

Jazzir había vuelto a su Memoria.

Cuando despertase, sabían que volvería a escribir, y llenaría su Imaginación de nuevo. Todo volvería a la vida.

Milo Zederiak sonreía más y más, lleno del dulce recuerdo de su esposa.

—Hemos de irnos —suspiró Peter Pan.

—Sí, el Mundo de la Fantasía está ahí mismo, basta con que cerremos los ojos y nos dejemos llevar, pero... no deja de ser un largo viaje, ¡y somos muchos! —reflexionó Hércules mirando a todos los rescatados.

—¿Preparados? —preguntó Bella.

–¡Sí! –exclamaron ellos.

Un segundo después, en la habitación no había nadie.

Sólo un hombre dormido, que soñaba y soñaba, y sonreía feliz con el mejor de sus recuerdos.

ÍNDICE

Jordi Sierra i Fabra

Nace en Barcelona el año 1947. Actualmente y según las estadísticas del Ministerio de Cultura, junto con clásicos como Bécquer, Lorca, Galdós o Baroja, es uno de los autores más recomendados y leídos en las escuelas del Estado español y América Latina, a parte de estar traducido a 25 lenguas y haber vendido 8 millones de libros. Su producción gira en torno a los 300 libros, de todos los géneros.

Trotamundos incansable (hecho que nutre buena parte de su literatura), experto en música e inetiquetable como escritor poliédrico y polifacético, ha ganado dos docenas de premios literarios, entre ellos, el Ateneo de Sevilla, el Joaquim Ruyra, el Ramon Muntaner, el Abril, dos veces el Barco de Vapor, dos el Columna Jove, tres el Gran Angular y tres el de la CCEI, tanto en catalán como en castellano y en los dos lados del Atlántico.

En 2004 impulsa su último gran proyecto, la Fundación Jordi Sierra i Fabra, en Barcelona i en Medellín (Colombia), para ayudar a los jóvenes que quieren ser escritores. Entre las primeras tareas de la Fundación se ha impulsado el Premio Internacional Jordi Sierra i Fabra para jóvenes.

En 2007 se le concede el Premio Nacional de Literatura Infantil y Juvenil por *Kafka y la muñeca viajera*.

Josep Rodés

Después de muchos años de garabatear en paredes y libros de cosas aburridas, estudió ilustración en la escuela Llotja de Barcelona. Desde entonces, ha trabajado en el campo del libro infantil para varias editoriales, en libro de texto y álbum ilustrado.

Ha ilustrado un par de libros de poemas, ha realizado alguna colaboración en prensa, y todo lo que le ha parecido interesante. Es coeditor de la revista de ilustración *Garabattage*.